講談社文庫

うちの旦那が甘ちゃんで 10

神楽坂 淳

講談社

目次

うちの旦那が甘ちゃんで 10

第一話　古着と泥棒

柏餅《かしわもち》を売る声が勢いよく響いてきた。

今日は久々の五月晴《さつきば》れだから、声も嬉《うれ》しそうだ。五月五日の今日ばかりは晴れてくれないと景気が悪い。

沙耶《さや》は下駄《げた》をひっかけて外に出ると、柏餅売りを探した。

すると近所に住む大工の女房のきぬと菊《きく》が柏餅売りを捕まえていた。

「おはよう」

沙耶が後ろから声をかけると、二人が振り返った。

「おはようございます。今日は晴れてよかったですね。鯉《こい》のぼりも立てる甲斐《かい》があります」

「そうね」

五月五日の今日、町人は鯉のぼりを立てる。これは江戸の庶民の間に広がった習慣だが、最近は武家の中にも立てる者がいるらしい。

深川《ふかがわ》あたりはかなりの数がひるがえっているだろう。

「二つください」

柏餅屋に声をかける。

「あいよ」

受け取ると、沙耶は二人に話しかけた。

「最近どう。変わったことはない？」

最近も何も、昨日も会話はしているのだが、すっかり習慣になった挨拶《あいさつ》だ。二人とも夫は大工だから、なんだかんだで町のことを聞き込んでくるのだ。

「全然ですよ。弁当に文句を言われるくらいです」

「文句ってどんな？」

「梅雨《つゆ》どきは弁当がまずいって」

たしかに梅雨の時期の弁当は難しい。なんでもすぐに悪くなるから、焼いた魚などは避けなくてはならない。

梅干しと漬物《つけもの》ばかりが並ぶことになって、物足りないのだろう。

「早く梅雨明けしてほしいですよね」

きぬがため息をついた。

「夏のほうが楽しいですものね」

沙耶も答える。

「あ。洗濯物があるなら取りにいきますよ」

菊が言った。

「ありがとうございます。あとで渡します」

沙耶の家の洗濯は近所のおかみさんたちがやってくれる。沙耶にとっては助かるし、あちらにとってもいい内職だ。

家に帰ると、月也《つきや》のための朝食を作る。

今日の主役は菖蒲《しょうぶ》である。食べるわけではないのだが、武家にとっては一番の縁起《えんぎ》物ではある。「尚武《しょうぶ》」に通じるということで端午《たんご》の節句には必ず出るのだ。「菖蒲の節句」という異名があるくらいである。

だから沙耶も、今日の朝食は縁起に気を使う。

主菜は鯉の味噌《みそ》煮である。出世を願う魚だけに欠かせない。鯉は近くの川で泳いでいるから、魚屋ではなくて近所の人に頼んで釣ってもらうことが多かった。

お祝いのときは、米に餅米を一つかみ混ぜて炊く。こうすると味が良くなるのだが、少々高くなるので滅多にしない。

そうして、味噌を軽く焼く。焼き味噌は戦場での大切な食事だった。だからこういった日には戦場を思い出すように味噌を焼くのである。

もっとも月也は戦場には向かない気がするが。

そうして梅干しと、薄く切った大根を用意する。大根にはひと塩してあるから、しゃくしゃくとした歯ごたえが楽しめる。

味噌汁の具は細かく切った茄子《なす》である。

今日のおかずは全部菖蒲の葉の上に盛り付けた。二人分を月也のもとに運ぶ。

「お。鯉か。端午の節句だしな」

「節句なのは菖蒲の方ですよ」

「そうか」

しかし月也は食べられない菖蒲にはあまり興味がないらしい。まずは鯉に箸《はし》をつける。

「美味《うま》いな」

さくさくと食べ進める月也を見ながら沙耶も箸を手にする。

今日の目玉はなんといっても鯉である。鯉の身は血抜きさえしっかり行えば臭《くさ》みはないし、味噌で煮ればさらに間違いはない。

いまは鯛《たい》が魚の頂点だが、江戸はもともと鯉を好んでいた。武家はいまでも鯉を喜ぶ人が多い。

鯛の淡泊《たんぱく》さに比べると野趣《やしゅ》のある味を、魅力ととるか野暮ととるかは人それぞれだ。しかし、味噌の味を受け止めて舌にしっかり味を刻む鯉が、沙耶は好きだった。

鯉を食べてから大根を食べると舌がすっきりしていくらでも入る。

「そういえば最近端午の節句は子供の節句になってきたらしいな」

月也が言う。

「そうですね」

端午はもともと武家の祭りだったのが、兜《かぶと》の飾りがかっこいいせいか、すっかり男の子の祭りになってきている。

「いつか親子三人で見回りができるといいな」

不意に月也が言った。

たしかにそうだ。もし沙耶に男の子ができれば、十一歳で見習いとして月也と一緒に歩くことになる。

同心の子は同心見習いになるのだ。

さらに沙耶は十手《じって》を持っているから、つまりは親子三人で回ることになる。

「それも楽しそうですね」

「沙耶が男の子を産めばできるさ」

月也がやや照れながら言った。

「そうですね」

月也の子を産むのは悪くない。

そう思いながら、沙耶は味噌汁に口をつけた。

「今日は深川に行こうか」

「どうしたのですか」

「いまは梅雨だからな。あまりやることもない」

「それなら市谷《いちがや》にいきましょう」

「なぜだ」

「子供に関して、玄祭《げんさい》先生に占ってもらいたいのです」

玄祭というのは市谷にいる占い師で、とてもよく当たる。

沙耶としてはこういうときこそ頼りたかった。

「そうだな。そうしよう」

月也も賛成する。

そして。今日のところは市谷に向かったのであった。


「話はわかった」

玄祭は沙耶の顔を見ながら笑顔になった。

「占ってしんぜよう」

筮竹《ぜいちく》を取り出すと、玄祭は神妙な顔で占いを始めた。やや渋《しぶ》い顔になる。

「なにかよくないことが？」

「いや。子供のことは案ずるな。よい子が授かるだろう。ただその前に失《う》せ物の気《け》があるから気をつけるとよい」

「なにかなくすということですか？」

「沙耶殿かはわからぬが、なにかがなくなりそうな気がする」

「気をつけます」

そう答えてはみたものの、実際何に気をつければいいのかわからない。心構えとして聞いておこうと思う。

「また何かあれば相談に来るといい」

玄祭に言われるとなんだか安心する。

玄祭のもとを辞したあとで月也が言う。

「なにか物をなくすのだろうかな。だとしたら沙耶ではないだろう」

「これはかりはわかりませんよ」

市谷から戻ると、沙耶は先に家に戻った。それから軽く掃除をして、月也が帰るのを待つことにする。

季節は鬱陶《うっとう》しいが、事件にぴりぴりしないでいいという意味では梅雨はいい季節なのかもしれない。

そんなことをふと思った。


昨日の考えは晴れた日だから起きる気のせいなのだ。

雨の音を聞いて沙耶はあらためて梅雨が憎いと思った。

端午を過ぎると江戸の梅雨はいよいよ本格化する。沙耶にとっては最悪の季節といっていい。雨で地面がぬかるんで、どうしても足がどろどろになってしまう。月也のように濡《ぬ》れるのをあきらめて雪駄《せった》で歩くのは沙耶には難しい。

日和《ひより》下駄を履《は》いてしのいではいるが、そうなるとまったく歩く速度があがらない。

裾《すそ》にしても、本物の男のように尻っぱしょりになるわけにもいかない。

この時ばかりは、小者を他の人に代わってほしいと思わざるを得なかった。

「梅雨が過ぎるまでは一人でやってもよいのだぞ」

月也が心配そうに声をかけてくる。

「雨が降ったという理由で仕事を休む小者《こもの》などいるはずがないでしょう」

沙耶はきっぱりと断った。足が気持ち悪いからといって、病気になるわけではない。後で洗えば済むだけのことだ。

それはわかっているのだが、どうしても裾が汚れるのが気になってしまう。

今日はそれでも小降りな方で、傘《かさ》をさしていればなんとか過ごせそうだ。

江戸の街中はこの時期、傘だらけである。沙耶にとっては鬱陶しいだけの雨だが、浪人にとってはこの時期は稼ぎどきとなる。

傘自体はそうそう壊れるものではないが、問題は傘の模様である。普通の蛇《じゃ》の目《め》傘なら一度買ってしまえば長く使う。

しかし、役者の絵を入れたり、流行《はや》りの模様を入れたりする傘はお洒落《しゃれ》の一種だから、去年と同じ傘をさすことはない。

梅雨のたびに傘を新調する客は数多くいた。

梅雨どきの江戸は鮮やかな傘に彩られている。男の役者の絵もあるが、人気の水茶《みずぢゃ》屋《や》の女や芸者の絵をあしらった傘もある。

目には優しい傘だが、雨の鬱陶しさがやわらぐわけではない。

「今日はゆったり過ごそうではないか」

月也が言う。

風烈廻《ふうれつまわ》りにとって、梅雨は一番ひまなときである。ほぼ毎日雨なだけに、火事が起こることなどまずない、というのを実感するほど天気が悪い。

本来の役目からすれば、ぶらぶら散歩をすればいいというくらいだ。縄張りが決まっているわけでもないから、一日茶屋で過ごしたとしても文句は言われない。

「そうですね。たまにはそれもいいでしょう」

沙耶としても、雨の中歩き回るのは避けたいところだった。

自然と深川の方に足を向ける。永代《えいたい》橋を渡ると、雨の中でもかりん糖売りが元気な声を張り上げていた。といっても数は少ない。湿気のせいでかりん糖がすぐに駄目になってしまうからだ。

「旦那、ひとつどうですか」

かりん糖売りが声をかけてきた。

「景気の悪い顔をしてるな」

「へえ。休みたいんですが、子供が風邪《かぜ》を引きまして。薬代の分だけでも稼ぎたいんです」

「そうか。お前はいい奴だな」

月也が即座に懐《ふところ》に手をやった。

カモという言葉は月也のためにある、と言ってもいい。何かあると行商人たちは月也に物を売りつけに来る。

といっても彼らなりの仁義があるらしく、一人に売りつけられると、その日はもう押し売りはされない。

そのくらいならお付き合いということで構わないだろうと沙耶も思っている。

「団子《だんご》でいいだろう」

月也が永代団子の店に視線をやった。

普段は青空の下で商売をしている団子屋だが、梅雨の時期は薦張《こもば》りの天幕で、両国《りょうごく》の芝居小屋のような様相になっている。

中に入ると、客の数はそこそこといったところだ。団子を食べるよりもさっさと用事を済ませて帰りたい人間が多いのだろう。

「醬油《しょうゆ》を二本。餡子《あんこ》を四本」

月也が注文する。

「一日ここで過ごすのには無理がありますねえ」

沙耶が息をついた。

「団子でも食べながら考えよう」

月也が能天気に言う。たしかに考えても雨が止《や》んでくれるわけではない。

団子とお茶が運ばれてきた。

食べようとしたとき。

「やはりここにいらっしゃいましたね」

おりんの声がした。

「あら。おりんちゃん」

「沙耶様がここにいるのではないかと思ったのです」

「どうして?」

「梅雨どきですから、外の見回りは辛《つら》いではないですか。だからきっとここで休むのではないかと」

「ご明察《めいさつ》ね。それにしてもどうしたのですか。わたしを探すなど」

「実は、音吉姐《おときちねえ》さんの家に泥棒が入ったのです」

「なんですって」

沙耶は思わず大きな声を出した。周りの注目が集まって小さくなる。

「それは大変ね」

「そういうわけで、沙耶様にいらしてほしいのです」

沙耶は月也の方を見た。月也が頷《うなず》く。

「では行きましょう」

沙耶はおりんに声をかけると立ち上がる。もしかしたら、玄祭の言っていた失せ物とはこのことなのかもしれない。

月也は同心なので、殺しでもない限りは芸者の家の中に立ち入って調べたりはしない。そういうのは岡《おか》っ引《ぴ》きの仕事である。

同心はあくまで岡っ引きの報告を受ける立場なのだ。

月也の場合は沙耶が岡っ引きの扱いになるから、こういう時は沙耶の出番である。

蛤町《はまぐりちょう》の音吉の家まで急ぐ。

家に着くと、音吉は長火鉢の後ろで顔を輝かせた。

「待っていたよ。沙耶」

「団子屋にいらっしゃいました」

おりんが報告する。

「読み通りだね」

音吉が嬉しそうに言った。

「そんなことよりも、泥棒というのはどういうことですか」

「家を空けたときを狙われたんだ。芝居を観に行くのに、葺屋町《ふきやちょう》に泊まるっていうのがばれちまったみたいでね。とっても隠すようなことじゃないからね。ところがさ、話をしてみたら家の周りの連中もやられてるんだよ。なんだか悔しくてね」

「それはたしかに悔しいですね」

芝居が始まる時間は早い。夜明けごろの明け六つに始まって、日没の暮六《くれ》つまでやっている。満足いくまでいるのであれば丸一日かかる。

そのために、前日には芝居茶屋と言われる茶屋に泊まって芝居を待つのだ。

留守番を残していくということもあるが、音吉としてはどうせなら全員で行こうではないかと家を空けたのである。

芸者は女所帯のことが多いから、芝居の時は全員で家を空ける。そこを狙われたというわけだ。

「いくらくらい取られたのですか」

「それが、お金じゃないんだよ」

音吉が仏頂面《ぶっちょうづら》で言った。

「とにかく上がっておくれ」

おりんが素早く桶《おけ》と水を用意してくれる。

「ありがとう」

汚れた足を洗うと生き返る気がする。音吉の部屋に上がって長火鉢の前に座る。火鉢の上では鉄瓶《てつびん》がしゅうしゅうと音を立てている。

「一体何が盗まれたのですか」

「あれさ」

音吉が後ろの神棚を指さした。

神棚の下には縁起棚があって、その中には紙でできた男根が飾ってある。その紙製の男根がなくなっていた。

「なんだってあんなものを」

沙耶が思わず声をあげた。そして、まさに失せ物だと思う。

「こいつが売れるんだよ」

音吉がいやそうに言った。

「それと簪《かんざし》をやられたね」

「小物ばかりということですか」

小物といっても簪には値の張るものも多い。それに盗賊団と違ってふらっと盗む泥棒なら、なかなか捕まえにくいかもしれない。

「それにしても、なんで紙のあれを盗んだのでしょう。売れると言っても……」

「けっこう高い値が付くんですよ」

おりんが眉《まゆ》をひそめた。

「誰が買うのですか？」

「そこまでは知りません。芸者のあの飾りは、芸者の夫のようなものなのです。手に入れて夫の気分を味わいたいんでしょう。音吉姐さんくらいの人気芸者だとさらに高値で売れるらしいですよ」

「それは変わった趣味なのね」

「男ってそういうものだからね。盗まれたのはしかたがないけど、なんだか落ち着かないよ」

「代わりを用意しないのですか？」

「それがそう簡単じゃないんだよ」

音吉がため息をついた。

「あれは神様だからね。そこらの店で買ってくるのは難しいんだ」

それから、沙耶に向かって頭を下げた。

「取り返してもらえないかな」

「どうやって。というか、音吉のだってわかるものですか」

「名前が書いてあるからわかるよ」

名前まで書いてあるのなら、手に入れた人はさぞかし嬉しいのだろう。どうやって取り返せばいいのかと考えて、やはり泥棒本人か、と思う。

なんとかして泥棒を捕まえることができれば、誰に売ったのかわかるかもしれない。

「やってみます」

問題はどうやって捕まえるかだ。

「鍵はかけていたのですか？」

「そんなものかけてくわけないだろう」

音吉が肩をすくめる。

江戸っ子に鍵をかける習慣はない。裕福な商人ならともかく、普通の家に鍵などというものはない。

基本的に泥棒はいないという考えだからだ。たしかに、なんでも死罪の江戸では、庶民の家に泥棒に入るほど馬鹿馬鹿しいことはない。

「他の被害に遭《あ》われた方も、皆芸者さんなのですか」

「そうだよ。芝居を観に行った連中がやられちまってる」

もちろん奉行所に届けなどは出さない。音吉からすれば沙耶に解決してもらうのが一番早い。

それにしてもどうやって盗むのだろうか。

音吉や何人かの芸者が芝居を観に行ったとしても、芸者の長屋全体が無人になるわけではない。大抵《たいてい》の芸者は母親と住んでいるから、怪しい人間が入ったならすぐわかる。

芸者の長屋は男子禁制だ。男が近寄ってきたら警戒するだろう。そう考えると泥棒の正体は女なのかもしれない。

梅雨どきに盗みに入るというのは納得がいかない。足も汚れるし足跡だって残りやすい。

そうまでして盗みを働く理由があるということだ。

月也が泣きだすような理由がなければいいな、と思う。

「この長屋に普段出入りしている女の人はいますか？」

「女？」

「はい」

「女っていうと髪結《かみゆ》いくらいだね」

「それは違いそうですね」

髪結いは信用が第一だ。生活できる仕事でもあるし、まず考えられないだろう。

「他にはいますか？」

「いや。いないね。あたしたちはここに住んではいるけどさ。生活の基本は座敷だからねえ。出入りするなんて奴はそもそもいないのさ」

そう言われればそうかもしれない。納豆《なっとう》売りのような行商人が盗むこともないだろう。

どこかに盲点がありそうだが、今のところ見当もつかない。

「引き受けましたが、時間はかかるのではないかと思います」

「引き受けてくれればいいよ。そして今日はゆっくりしていきな。梅雨だしね」

「そうします」

月也には悪いが、どうしても外を歩く気にならない。

「もうすぐおたまが帰ってくるだろうから、そしたらなにかとろうよ。鰻《うなぎ》かな」

「『なん八』はどうですか」

おりんが口をはさんできた。

「ああ。最近このへんにもできたんだっけね。いいかもしれない」

「なん八ってなんでしょう」

「食堂なんだけどさ。おかずが何でも一皿八文《もん》なんだよ。だからなん八っていうんだ。届けるのは普通はやってくれないけど、このへんなら平気だ」

「聞いたことがない食堂ですね」

「元々は人形《にんぎょう》町《ちょう》の辺《あた》りにあるんだよ。あの辺は口入《くちい》れ屋が多いだろう。金がなくて職もない連中が集まる店なんだ。だから武士なんかは近寄らないね」

たしかにそういう店なら武士は行かない。店の雰囲気を壊してしまうし、浪人と間違われるのも避けるだろう。

「でも味はいいんだよ」

音吉が嬉しそうに言った。ここは一緒に食べるのが良さそうだ。

ちょうどそこへ、おたまが帰ってきた。

「ただいま」

「いいところに帰ってきたね。なん八まで行って料理を頼んできておくれ」

「わかりました。足を洗う前に行ってきます。何がいいですか」

「あたしはいつものだね。沙耶も同じでいいかい」

「はい」

答えてから、あらためて事件の事を聞くことにした。

「泥棒に入られたのはいつなんですか」

「昨日だよ。芝居から帰ってきたらやられちまってたんだ」

「暮六つを過ぎたころに戻ったのですね」

「そうだよ」

前の日から泊まりに行っていたことを考えると、丸一日犯人には時間があったということになる。

「音吉が芝居に行くというのはどのくらいの人が知っていたのですか」

「あたしとおりん、おたま、牡丹《ぼたん》。それから両隣のお母さんだね」

だとすると、泥棒はどうやって音吉が家を空けるのを知ったのだろうか。偶然空き巣に入りました、などということはないはずだ。

　何かの方法で、芸者が芝居に行くという話を聞き込んでいるのだろう。

「それにしても、音吉は人気の芸者なのに、芝居に行くひまなんてよく作れますね」

「忙しいからって、何もかも切り捨てちまったら芸が細るからね」

　音吉がきっぱりと言う。

「芸と関係があるんですね」

「誰かを楽しませるっていうことでは通じるところがあるんだ。それにね、男の演じる女っていうのは男の理想だからさ。旦那衆に喜んでもらうのに参考になる」

　それはそうかもしれない。沙耶にしても、なんとなく月也の恰好《かっこう》いい仕草《しぐさ》を真似している部分はあるのだ。

　そんなことを考えているうちに、おたまが戻ってきた。後ろに若い衆が二人いて、食事を持ってきてくれたようだ。

　よく見ると、若い衆といっても女である。

「女の人なんですね」

「芸者さんの家だからね。男は遠慮させてもらってます」

　二人とも笑顔で答えた。

「じゃあ食べようじゃないか」

音吉が嬉しそうに言う。

「温かいものはないのですね」

「作り置きだからね。飯は温かいよ」

たしかにご飯だけは温かい。おかずはすべて作り置きのようだ。沙耶からするとなかなか珍しい。

「沙耶は知らないかもしれないけど、芸者の食事は冷えたものが多いんだよ」

「そうなのですか？」

「うん。座敷で食事が出るじゃないか。あれはさ、半分はあたしたち芸者が持って帰って食べるのさ。だからどうしても冷えてるんだ。家で作る料理は温かいからさ、それだけでも美味《おい》しく感じるんだよ」

たしかにお土産《みやげ》にして食べるなら冷えている。それだとどんなにいい料理でも美味しさは半減してしまうだろう。

なんハから運んできた料理は煮魚と、豆腐。そして天婦羅《てんぷら》。あとは漬物である。美味しそうではあるが温かいに越したことはないものばかりだ。

「この料理を少し預けていただけますか」

「なにをするんだい」

「温めますよ」

そういうと沙耶は台所に向かった。これだけの料理があれば、温めればより美味しく食べることができる。

まずは煮魚である。どうやら平目《ひらめ》らしい。軽く味見をすると、砂糖と醤油で煮つけてあるようだ。

持ち帰りの場合は美味しさを保つために味を濃くして甘くする。冷えていてもそこそこ美味しく感じられるようになっているのだ。

ただ、温めるならもう少し味を変えた方がよい。

酒と水を鍋に入れて沸かす。沸騰した瞬間に、平目と豆腐を入れる。さらに乱暴に天婦羅も入れてしまう。

もう火は通っているから軽く温めるだけである。色々なものを混ぜ合わせて煮てから卵でとじる。

仕上げにさっと醤油をかけてできあがりである。

これは見栄えがあまりよくないから人には出せない料理だ。月也にもこれは出さない。余っている食材をみんな入れて卵でとじる、沙耶用の贅沢《ぜいたく》だ。

四人分作って音吉のところに持っていく。

「美味しそうだね」

音吉が嬉しそうな声を出した。

「これはちょっとはしたない料理なんですけど。ここでならいいかと思って」

「全部まとめて卵でとじるっていいね。おりん、今度やってみておくれ」

「わかりました」

湯気の立つ料理に箸をつける。もとの料理がいいからかなり美味しい。とはいえこれは料理人には失礼なことだ。

梅雨どきでもなければやるのにはためらいがある。

「それでさ。どんな奴が犯人だと思う？」

音吉が眉をひそめて聞いてきた。

「この近所の人でしょう」

沙耶が言う。

「他の人も最近のことなんですか。泥棒って」

「うん。聞いてみたんだけどさ。やられたのは三人いて、全部ここしばらくの間みたいなんだよ」

「最近引っ越してきた人はいるのですか？」

「知らないねえ」

「芸者仲間が犯人ということはありますか」

「ないない」

音吉が首を横に振る。

「芸者だからかばうんじゃなくてさ。芸者っていうのはそう簡単に仲間を造らないからね。気安く行き来なんてしないのさ」

「でも、芸者さんは連れだって座敷に行くでしょう。わたしもご一緒したことがありますよ」

「あれは特別かな。芸者は自分の一家みたいなのがあってさ。あたしならおりんとおたまが妹分になるんだ。他にも縁のある人はいるけど、大抵は置屋に手配されて座敷で会う仲だからね。日常でまで付き合うことはないよ。競争相手だしね」

たしかに芸者にとって同じ芸者は競争相手だ。同心にしても、奉行所の外で同心同士が付き合うということはあまりない。

もちろん家が近いから、なんとなく付き合っているということはないわけではない。それでも大抵の場合は、同心同士が友だちということにはならない。

同心の場合は出世に響くようなことはあまりないが、芸者の場合はどの客に贔屓《ひいき》されるかで事が変わってくるから大きいだろう。

「だとすると芸者のところに出入りしても怪しまれない誰かですね」

「まったくわからないね」

「それにしても、どうして芝居見物のときなんでしょう」

芸者のことがわかっているなら、座敷にいる間だっていいはずだ。わざわざ芝居見物を狙うことはない。

「まあいいよ。今日は飲もうじゃないか」

音吉が言うと、おりんが酒を持ってきた。

「今日はいい酒を買ってきてあるんだ」

「なにかあったんですか？」

「沙耶が来るからに決まってるじゃないか」

どうやら、相談する段階で今日は沙耶と飲もうと思っていたらしい。

「いいですよ。お付き合いします」

そんなことを思いながら、今回の事件はあまり月也には関係がないかもしれないと思っていたのだった。

一杯付き合って帰ると、まだ昼間なのに月也が家に戻っていた。

「どうしたのですか？」

声をかけると、なんとなく気が抜けたような顔をしている。月也のまわりには小物が散らばっていた。

「月也さん。どうかしたのですか？」

「雨だから戻っていたのだ」

明らかに嘘をついている態度で月也が言う。雨を理由に自宅に戻る同心はいない。何か困ったことがあって考えをまとめるために戻ったのだろう。

「新しいお役目が回ってきたのですね」

「うむ。そうなのだ」

月也が腕を組んだ。

「しかし、何が何だかわからぬ。伊藤《いとう》様より、沙耶に相談せよとのお達しだ」

内与力《うちよりき》の伊藤桂《けい》は沙耶のことを高く評価してくれている。今回も夫婦で調べろということなのだろう。

「なにがあったのでしょう」

「水茶屋の女や芸者の小物が盗まれる。それも売れっ子ばかりだ」

「そうなのです。じつは、音吉も簪などが盗まれたのですよ」

「いったいどういうことなのだろう」

月也が首を捻《ひね》った。

沙耶にもわからない。

人気の芸者の小物ばかり売りさばいているのであれば、どこかで足がつきかねない。つまり、少々不自然なことだといえた。

「奉行所に届けがあったのですか？」

自分の身につけていた小物が盗まれたくらいで奉行所に届ける人がいるのだろうか。取り調べなどでかえって面倒だから、放置しそうな気がする。

「岡っ引きがかぎつけたようだ」

岡っ引きなら知っていそうだが、わざわざ奉行所に報告するほど大きな事件なのだろうか。岡っ引きは自分の得にならない事件は揉《も》み消すことも多い。

月也のところに回ってくるということは、もう揉み消された後ということなのかもしれない。

そう考えると納得がいく。

泣き寝入りしている女たちのために、伊藤がひと肌脱いだということだろう。

「頑張らないといけませんね」

「うむ。どうすればいい」

月也の顔が明るくなる。なにをすればいいのかまったく思いつかなかったらしい。

かといって今回ばかりは沙耶にも見当がつかない。

「音吉に相談ですね。なんといっても被害者なのだし」

「そうだな」

それにしても小物とは。なにかお金以外の目的がありそうだった。

「明日になったら、音吉を訪ねましょう」

「うむ。今日はもう奉行所に行かなくてもいいから、ここで過ごす」

「ではお酒でも飲むことにしましょうか」

沙耶はそういうと料理をすることにした。

「梅雨らしいものを作りますよ」

「それは楽しそうだな」

沙耶は台所に行くと、料理の準備をしながら今後の手順を考える。いったい犯人は何を目的としているのだろう。

なんとなく犯人は女のような気がするが、それも勘でしかない。ただ、男にはできない盗みという感じはする。

あらためて音吉に話を聞いてみた方がいいだろう。

そんなことを思いながら豆腐を細かく切る。梅雨どきは湿気があるから、ついあっさりと冷やしたものが食べたくなるが、それでは体の中を冷やしてしまう。

だから沙耶は体がほかほかと温かくなるものを作ることにしていた。

そして梅雨といえばなんといっても穴子《あなご》である。この時期の穴子は「梅雨穴子」といって一年で一番美味しいと言われている。

冬の穴子は脂がのっていて美味しい。それに対して、この時期は脂が落ちていて、そのかわり身の旨《うま》みが一番あるのだ。

葱《ねぎ》と生姜《しょうが》と唐辛子《とうがらし》を刻んで、少し酒を入れる。そうしてから穴子と一緒に煮る。豆腐を加えてさらに煮たら、醤油をさっと入れて仕上げである。

これに熱燗《あつかん》を合わせると、体の芯から温まる。梅雨の夜は冷えるから、体を温めるのはとても大切なのだ。

味噌を軽く炙《あぶ》って添える。これはそのまま食べてもいいし、穴子の終わりの方に少し溶き混ぜて食べても美味しい。

二人分作って持っていく。

月也の方は、火鉢でもう酒を温めていた。いまは梅雨だから少し熱めに燗をする。

「今日はゆったりといこう」

月也が笑顔で言う。

「そうですね」

「ところで沙耶。今回の事件にはもうひとつの事情があるのだ」

「なんでしょう」

「岡っ引きを使うな、というお達しがまた出そうなのだ」

「またですか」

幕府はとにかく岡っ引きが嫌いである。かといっていないと事件がなかなか解決しないから、現場としてはなんとか使いたい。

目明《めあか》しと言ったり下っ引きと言ったり、名前を変えて誤魔化《ごまか》しているが、度々《たびたび》禁止令が出されてしまう。

もちろん、本来はいないに越したことはない。盗賊などの犯罪はたしかに多いが、江戸の犯罪の三割ぐらいは岡っ引きによるものだからだ。

小さな犯罪を見逃す代わりに大きな事件を解決する。これが奉行所の方針である。

しかし老中などからすれば、それは同心の仕事だということになる。

それならば捜査にかかる予算を上げるかというとそんなことはなく、予算はしぼられる。結果として、犯罪で稼ぐ岡っ引きを使うしかないという悪循環だ。

今回の事件も、もしかしたら岡っ引きが絡《から》んでいるのだろうか。

そういえば、沙耶の扱いは岡っ引きに近い。奉行所としては、新たな捜査方法を模索しているのかもしれない。

そもそも、犯罪の被害者は女が多いのに、調べる人間に男しかいない、というところに無理があるのだ。

そんなことを思いながら穴子に箸をつける。

穴子は柔《やわ》らかく煮えていた。鰻のように甘くして食べるのもいいが、穴子は醤油でさっと煮つけるのも美味しい。

鰻よりはあっさりした味だからかもしれない。

「これは旨いな」

月也がさくさくとかき込んでいく。

「そんなにさっさと食べるとお酒が飲めませんよ」

「もともと酒が弱いから大丈夫だ」

そう言うと酒をあおる。

「なんですか。その理屈は」

どうやら、月也は少し酔いたいらしい。沙耶には言わないなにかがありそうだ。

「何かあったのですね」

沙耶が聞くと、月也は頷いた。

「なんだか期待されている気がする」

「いいことではないですか」

「そうだな」

そう言うと月也は目を伏せた。

なるほど。沙耶は思う。ぼんくらと言われて悔しい思いをした時代は、なんとかできる男になりたいと思ったに違いない。

沙耶も、月也に活躍してほしいと思っていた。

もちろん今が幸せではあるのだが、ぼんくら時代は不幸だったのかというとそうではない。

幸せの形が変わったと言ってもいいかもしれない。

「わたしは、ぼんくらの月也さんも好きですよ」

「どうしたのだ。突然」

「あまり頑張ろうと思うと疲れてしまうではないですか。月也さんはぼんくらというか、甘ちゃんな所がいいのですよ。目を吊り上げて犯人を捕まえようとするなんて月也さんらしくないではないですか」

そしてそれは自分にも言える。沙耶はいつのまにか事件というものに慣れてしまっている。もちろんそれは良い部分でもあるのだが、心まで十手持ちになってはいけない。

道を歩いていて、すれ違った人が犯罪者に見えるのは駄目だ。心がギスギスしてしまっているということだからだ。

今回音吉に相談されたこともそうだ。音吉の役に立ちたいという思いに事件解決がついてくるのはいいが、犯人を捕まえることだけが主眼になるのはよくない。

沙耶の立場からすると犯人の捕縛が目的なのは当然かもしれないが、それはあくまで結果でないといけないのである。

みんなを助けたいという心を失っては駄目だ。

「ありがとうございます。月也さん」

沙耶は頭を下げた。

「いきなりどうしたのだ」

ない。

「月也さんのおかげで大切なことを思い出したのです」

月也の強さはずっと甘いままでいられることだ。沙耶もちゃんと見習わないといけ
「今日はお酒を飲んでしっかり寝ましょう」

お酌《しゃく》をすると、あらためて考えた。

犯人はなぜ、小物を盗むのか、と。


翌日は、見事な五月晴れだった。

梅雨の合間に、雨を忘れるほど綺麗《きれい》に晴れる時がある。こういう五月晴れの時は、とにかくあちこちで洗濯物がひるがえる。

道はまだぬかるんでいるが、雨が降っていないというだけでとにかく歩きやすい。

音吉のところに着くと、戸を開ける。

「お邪魔します」

隣の家の二階から人の視線を感じた。どうやら隣の芸者のお母さんらしい。頭を下げるとあちらも頭を下げてきた。

「あんた同心の沙耶さんだろう。ちょっと待っておくれ」

顔を上げてそう言うと、隣の家から母親らしき老婆があわただしく出てきた。

「なにか事件でもあったのかい」

「音吉の部屋に盗賊が入ったのです」

「全然気が付かなかったねえ」

老婆はいぶかしげな顔をした。

「こちらにお住まいの方ですよね」

「ああ。わたしはきねって言うんだ。勝尾《かつお》の母親だよ」

どうやらここに住んでいるのは勝尾と言う芸者らしい。隣の人が全然気が付かなかったのなら、相当気配のない泥棒なのだろう。

きねはかくしゃくとしていて、品のある美人だ。若いころはさぞかし美しかったはずだ。

きっと昔は芸者として鳴らしていたに違いない。

「一体どうしたって言うんだい」

家の中から、今度は妙齢の美人が出てきた。これが勝尾に違いない。

「こんにちは。音吉の家に泥棒が入ったんです」

沙耶が言うと、勝尾は眉をひそめた。

「芸者の金を狙うなんてたちの悪い奴だね」

「それが、お金ではないんです」

「なにを盗まれたんだい」

「あれです。紙でできた」

「あれ？　飾ってあるあれかい」

「はい」

「そいつはふざけた泥棒だねえ」

「最近変わったことはないですか？」

「ないね。うちは盗まれてもないしね」

それから勝尾は母親に目を向けた。

「怪しい奴は見なかったかい？　おっ母《か》さん」

「見ないね」

「だそうだ。役に立たなくてすまないね」

そう言うと、勝尾は興味をなくしたように家に戻ってしまった。

「なにかわかったら教えてあげるよ」

きねもそう言うと、家の中に戻っていった。

こんな様子なら昼間には泥棒は入れないだろうし、夜でも目立つだろう。幽霊にでも入られたような気分だ。

戸を開けて中に入ると、もう三人とも起きて待っていた。三和土《たたき》のところに牡丹が茣蓙《ござ》を敷いて座っている。

「おはようございます」

牡丹が沙耶を見ると両手をついて挨拶をした。

「あら。どうしたの、牡丹」

「昨日連絡をいただいたのできました。これでも男ですから。芸者の家には上がれません。男は三和土までです」

牡丹が当たり前のように言う。

月也も抵抗なく三和土に座った。

「あいかわらずすごいね。月也の旦那は」

音吉が感心した声を出した。

「なにがだ」

「三和土に座れることがさ。普通八丁堀《はっちょうぼり》の旦那に三和土に座れっていったら怒り出すよ。それが、月也の旦那は怒らないじゃないか」

「芸者のしきたりなのだろう」

月也のほうは当然という顔をしている。

「まあ、そうだけどね」

「それに俺は、ぼんくら同心だからな」

そういうと月也は屈託《くったく》なく笑った。ぼんくらというのを月也は案外気に入っている
のかもしれない、と沙耶はあらためて思う。

手柄をことさらに狙うこともないし。出世も望まない。

それはやはりぼんくらなのかもしれない。でも、沙耶にはそれが好ましい。

「家の前で、勝尾さんという方とお会いました。綺麗な方ですね」

「勝尾姐さんは気風《きっぷ》も品もいいからね。あたしも世話になりっぱなしだよ。なにかお
返ししたいんだけどね。矜持《きょうじ》が高くて全然お返しを受けてくれないんだ」

音吉が肩をすくめた。

沙耶は音吉の前に座ると、気になることを口にした。

「じつは、水茶屋などでも、人気の女性の小物が盗まれてるようなんです」

「芸者だけじゃないのかい」

音吉が苛立《いらだ》った声を出した。

「少しいいですか」

牡丹が口をはさむ。

「なにかしら。牡丹」

「それは市を立てるということだと思います。泥棒市」

「泥棒市？」

「泥棒が集まって羽子板市のようなものをやるんですよ」

「お客さんも泥棒なの？」

「いいえ。客は違います。なんでしょう。泥棒たちは、同好《どうこう》の士という感じらしいです」

牡丹の言葉は微妙に歯切れが悪い。何かを知っている雰囲気はあるが口に出すのにためらいがあるようだ。

「知ってることがあるなら話してちょうだい」

沙耶が言うと、牡丹は大きく息をついた。

「行ったことがあるわけではないから細かいことまでは知りません。しかし、金目《かねめ》ではないものを盗んで高く売る市場があるという噂《うわさ》は聞いています」

「音吉のあれみたいなものを売るということなの？」

「そうです」

「なんだい。ふざけた市だね」

音吉が憤懣《ふんまん》やるかたないという様子を見せる。

「盗まれたら生活に困るようなものは決して盗まないらしいです」

牡丹が言う。

「それはそんなに悪くない奴ではないのか」

月也が言う。

「泥棒には違いないですよ」

沙耶は言ってから、あらためて牡丹の方を見た。

「それにしても、生活に困らないものだけを盗むというのをどうして知っているの？」

沙耶からすると不思議である。本来ならば、それは泥棒本人しか知らない情報ではないだろうか。

「じつは岡っ引きの方に教わったのです。市の参加者がいるので」

「岡っ引きの中に？」

「はい」

それならたしかに牡丹としては歯切れが悪くもなるだろう。牡丹のように路上の仕事をしている者は岡っ引きとは切っても切れない関係にある。

岡っ引きとうまくいっていなければ、店を開くことすらままならない。

「岡っ引きの中に泥棒がいるのね。音吉を狙ったのもその人？」

「いいえ。岡っ引きは泥棒市に客として行ってるので、泥棒ではないです。ただ、見逃してはいるみたいです」

「悪い奴だね」

音吉が息を吐《つ》いた。

「しかし、市が立つほど物が盗まれているのに、奉行所で問題になっていないというのはどういうことなのだ。それほど気にならないものなのか」

月也が首を傾《かし》げる。

「まあ、あれを盗まれたからってたしかに届けたりはできないけどね。気分の問題なんだ」

そうだとすると、泥棒にとってはやりたい放題である。

「見過ごすわけにはいきませんね」

沙耶としては、弱い者から盗むのはやはり納得がいかない。

「どうやってとっちめればいいかねえ」

「それにしても、留守の情報をどうやって手に入れているのでしょう」

何をおいてもそれが一番の謎である。

「盗まれた日と同じことをしてみるのも手かもしれませんね」

その足取りの中で何かわかるものがあるかもしれない。

「いいね。じゃあ沙耶も入れて芝居見物と行こうじゃないか」

音吉がうきうきと言った。

「芝居見物まではお付き合いできませんよ。全員でお芝居を観たら誰が調べるんですか」

沙耶が苦笑する。

「なんだい。観ないのかい」

「そのかわりお泊まりはお付き合いします」

「いいね。楽しもうじゃないか」

沙耶と泊まりというのも音吉には嬉しいようだ。沙耶としても、なんだかお祭りのようで楽しくなる。

「なにを観るのですか」

「市村座《いちむらざ》の藤娘《ふじむすめ》さ」

「中村座《なかむらざ》ではなくてですか？」

「中村座の藤娘は去年初演だったんだけどさ。今年は市村座でもやるんだよ」

歌舞伎《かぶき》の中村座では、去年「藤娘」という演目を公演した。これがなかなかの人気を博したので、今年は市村座でもやるらしい。

人気の演目は引っ張りだこで、東海道四谷怪談《とうかいどうよつやかいだん》なども、夏になるとあちこちで上演されていた。

「藤娘は参考になるんだよ」

音吉が真面目な顔で言った。

「あれはさ、旦那衆に受けるしなの作り方ってのがよくわかる」

それから音吉は、おりんとおたまをかわるがわる見つめた。

「お前たちももうじき一家をかまえることになるんだから、勉強するんだよ」

二人が揃って頷く。

「泊まる芝居茶屋はもう決めてあるから」

音吉がてきぱきと言う。

芝居茶屋というのは、芝居を見るために作られた茶屋である。芝居小屋のすぐ近くに建てられていて、幕間に食事をするために戻ってくることもできる。

前日に泊まれるのはもちろん、内湯もある。

宿では酒を飲むこともできるが、客はどちらかというと外に出ることが多かった。

葺屋町のあたりには屋台が立ち並んでいる。

まだ芽が出ていない役者が店の者として働いていて、贔屓の客をつけようと愛想をふりまくのである。

だからいい若い男を眺めるなら、芝居小屋のまわりが一番である。

市村座は中村座、森田座《もりたざ》と並んで江戸三座《さんざ》のひとつである。この三つが特別なのは、公演の時に小屋の周りにのぼりを立てていいということだ。

他の小屋はどんなに繁盛していてものぼりを立てるのは違法である。なので、ちゃんとした芝居というとこの江戸三座になる。

それだけに役者の卵の質も高かった。

「三日後でいいかい」

「大丈夫です」

沙耶は答えた。

「俺はどうしよう」

月也がどうしたものか、という顔をする。

「そうですね。どうしましょうか」

葺屋町が活性化するのは暮六つからである。同心はその時間はとっくに帰っているから、夜にやることはない。

深夜の見廻りは同心の役割ではないのである。

そう考えると、同心にできることはあまり多くないと言えた。

「どうもこうもないさ。芝居茶屋に泊まってもらえばいいんだよ。それが一番助かるってものさ」

「そうなのか？」

月也が言う。

「同心の旦那ってのは芝居茶屋に泊まることなんてないだろうからわからないかもしれないけどね。男だってちゃんと泊まるんだよ」

芝居は女も男も見る。男だって泊まれるはずだ。

「たしかにそうですね」

「ただささ。連れ込み茶屋みたいになるのを警戒してるから、男女一緒に泊まるというわけにはいかないよ。月也の旦那には一人で泊まってもらうことになる。でもさ。もし怪しい奴が泊まってるならわかるだろう」

「わかるかな」

月也が不安そうな声を出した。

「同心なんだからわかるに決まってるさ」

音吉が自信たっぷりに言う。

「やってみる」

月也が頷いた。

「牡丹は？」

「わたしはやることがありますので」

牡丹は牡丹でなにか考えがあるらしい。

「わかりました。とりあえずやってみましょう」

とにもかくにも頑張ろう。

沙耶はそう思ったのであった。


そして翌日。

月也は南町奉行筒井《つつい》政憲《まさのり》の前で平伏していたのであった。

「泥棒市なるものがあるというのだな」

筒井が、穏やかな声で言った。

「しかも届けが出ないというのか」

内与力の伊藤桂が、渋い表情を見せる。

「届け出る方がややこしいということでございます」

月也が答える。

「そうか」

筒井は、大きく息をついた。

「泥棒市もたしかに問題だが、奉行所に届けるのが面倒だというのはもっと大きな問題だ」

「やはり岡っ引きですかな」

伊藤もため息をつく。

「そんなにひどいのですか」

月也は思わず訊《き》いた。

沙耶が小者になる前は岡っ引きには相手にされなかった。沙耶と動くようになってからは岡っ引きは遠ざけている。だから月也にとっては岡っ引きというのはあまり印象がない。

なんとなく怖いという気持ちがあるくらいだ。

ただ、そのうちの何人かは知ってはいるが、その人たちは岡っ引きにしては怖くはない。

筒井が腕を組んだ。

「こう言ってはなんだが岡っ引きというのは犯罪者だからな。犯罪者を使って犯罪を取り締まるというのは合理的とも言えるが、間違っているとも言える。なにかの形では庶民に迷惑をかけることだ」

「岡っ引きが泥棒市を見逃しているのであれば、手の出しようがあるまい。ましてや盗まれたのが金目の物でないというならますますだ。そこでだ」

伊藤が言葉を区切る。

「沙耶の出番ですね」

「お主たちの出番だ。紅藤《くどう》。女房殿だけではなくてお主のな」

「左様でした」

月也が頭を下げる。

「それにしても、金目の物を盗まぬのが本当なら変わった盗賊だな」

「何か訳ありなのかもしれません」

月也が思わず言う。

「悪い連中ではないように思われます」

「お主にかかるとなんでも善人だからな。しかし今回はそれも考慮せねばならぬ。犯人を捕まえてもあまり大事にするな。呼子《よびこ》も吹かない方がいいだろう」

「わかりました」

そう答えると、月也は頭を下げた。

「いまは梅雨どきゆえ、しばらくはこの泥棒の方に専念するとよい」

「かしこまりました」

月也はそういって退出した。

「お奉行様も甘いのが移りましたかな」

伊藤がからかうように言う。

「そうであったらいっそ幸せなのだがな。葺屋町というのが気になる」

「そうですね」

伊藤も頷く。

葺屋町というのは芝居見物を中心にして盛り上がっている町だ。そして老中は芝居見物そのものが好きではない。

　葺屋町が泥棒の巣窟《そうくつ》などという話でも出ようものなら、江戸三座自体を取り潰せと言い出しかねない。

　庶民から娯楽を奪っては心もすさむし、かえって犯罪を増やしてしまうことにもなるだろう。町奉行としては庶民には幸せに生きてほしいのである。

「今回も紅藤は手柄なしですか」

「そういうことになるだろうな」

「手柄に興味はないでしょうけどね」

　伊藤が肩をすくめる。

「それにしても、泥棒市にかかわっている岡っ引きとは誰のことだろう」

「調べますか」

「そうだな。処罰しないわけにはいくまい。泥棒は見逃せても岡っ引きを見逃すことはできない。取り締まる側だからな」

　見逃しているだけだとしても、岡っ引きの犯罪は重罪である。罪に問われることがあればまず死罪になると言っていい。

　だから、そもそも岡っ引きは重い犯罪はしないのだが。

「とにもかくにも紅藤にまかせるしかあるまいな」

「まったくです」

伊藤がため息をついた。

「それにしても事件解決のための岡っ引きに足を引っ張られるとは、情けないことですな」


そして。その日が来た。月也はひとりで芝居見物という触れ込みで葺屋町に。沙耶は音吉、おりん、おたまと三人である。今日は沙耶も男装ではない。

幸い天気は曇りで、雨は降っていない。

江戸《えど》橋を渡って米河岸《こめがし》のあるあたりを通る。米河岸というだけあって米を扱う問屋が多い。だが、同時に鰹節《かつおぶし》の問屋も多いので、道には鰹節の匂いが強い。

米と鰹節の匂いに包まれて歩くと、すぐにある荒布《あらめ》橋を渡って、さらに親父《おやじ》橋も渡る。

そうするともう葺屋町である。

ここまで来ると白粉《おしろい》の匂いが強くなる。そして屋台の煮売りなどの匂いもある。

離れて歩きながら月也の様子を窺《うかが》うと、なかなか目立っている。商家の若旦那ならともかく、浪人風の男が芝居見物をするというのはかなり珍しい。

男は落語、女は芝居という棲み分けがあって、男はみな落語に行ってしまうのだ。

その影響で、落語の主人公は長屋の住人、芝居の主人公は少々身分の高い男がなることが多いのである。

「とにかく茶屋に入ろうじゃないか」

そろそろ夕方になろうという時分だ。芝居はまだ上演中である。芝居が終わるのは暮六つのあたりだから、いま茶屋にいるのは明日の芝居のための客だ。

泊まりの受付が終わると、一杯やるという雰囲気になる。

「沙耶。何が食べたい？」

「なんでもいいですよ」

この辺りにどんなものがあるのか沙耶にはわからない。音吉にまかせるしかないだろう。

「ここらへんはなんでも旨いけどね。一杯やるならおでんにしておくか」

「はい」

音吉に連れられて、一軒の屋台の前につく。

「ごめんよ」

音吉が屋台の前に腰をかける。

「お。音吉姐さんじゃねえか。こんばんは。あいかわらず別嬪《べっぴん》だね」

「お世辞はいいから人数分おくれな。酒もね」

「あいよ」

店主が愛想よく笑う。

看板娘らしい女の子がやってきた。

「お酒はどうしますか」

やや低めの色気のある声の少女である。

「葡萄酒《ぶどうしゅ》をおくれ」

音吉が言う。

「葡萄酒というのはなんですか」

「干し葡萄を砂糖と焼酎《しょうちゅう》につけたものだよ。水で割って飲むんだ」

「美味しそうですね」

店主が素早くおでんを出してきた。煮た茄子、白瓜《しろうり》、ごぼう、豆腐。そしてタコである。薄めの醬油味で煮たものに、辛子《からし》と味噌を添えてある。

「辛子と味噌を混ぜあわせてからつけると美味しいよ」

音吉が嬉しそうに言った。

「深川にもおでん屋はあるけどさ。ここより旨い店はないんだ」

「お世辞でも嬉しいね」

店主が相好《そうごう》を崩した。あらためて見るとかなりのいい男である。歳のころは四十過ぎだろうか。若い頃はかなりの美貌だったろう。

「ずいぶんいい男なんですね」

沙耶は思わず口にした。

「これでも元役者なもんで」

店主が嬉しそうに言う。

「このへんは元役者や役者見習いが多くてね。さっきお客さんに声かけたのも役者見習いなんです」

「え。あの女の子がですか？」

「あれは男ですよ」

「全然気がつきませんでした」

牡丹のような少年が他にもいるのだ、と感心する。

「あれは女形の修業中なんです。女を演じる役者はね、日常から女になりきって生活するんですよ。着るものも全部女ものでね」

「なんだか大変ですね」

「大変だと思うようだったら役者なんてやめたほうがいい。修業するのが当たり前のようでないととても務まりませんよ。芸事は」

「そうかもしれませんね」

よく考えると同心もそうだ。年末年始を除けば一年中お務めである。街の平和を守るのは苦しいなどと言っていてはとても務まるものではない。

職業というよりも生き方と言ったほうがいい。役者もそういうものなのだろう。

「それにしても別嬪さんだね。芸者かい」

「あたしの妹分だよ」

「それは綺麗なのも無理ないね」

店主が納得したように頷いた。

「するってえと、『かつぎ娘』を観に来たのかい」

「藤娘だろうよ」

音吉が訂正する。

「もとは藤かつぎ娘なんだから、どっちで呼んでもいいだろう。それにしてもあれは芸者衆に人気だね」

「勉強になるからね」

「芸者に勉強になると言われたら本望だろうよ」

たしかにそうだろう。と沙耶も思う。

「お酒持ってきました」

さきほどの少女が徳利《とっくり》を運んでくる。

湯呑《ゆの》みに徳利の中の酒を注いでくれる。葡萄のいい香りがした。

「うちは薄めた水ばっかりの酒じゃないから安心してください」

一口飲むと、葡萄の香りが口の中に広がる。

「美味しい」

「冷める前に食べてくんなよ」

店主に言われておでんにも箸をつけた。

白瓜に口をつける。よく煮えた白瓜はとろりとしていて美味しい。味噌と辛子を混ぜたものを載せると、これ以上ないというくらい葡萄酒と合う。

そしてタコも口にした。タコはしっかりと味がしみ込んでいる。これは味噌ではなくて辛子だけ載せて食べるのが美味しい。

「幸せになりますね。この味は」

思わずため息が出るような美味しさだ。タコの甘みというのはこういうものだったのか、と思わせる。

「葺屋町にしかこの店がないのが残念ですよ」

おりんも言った。

「これは飲みすぎてしまいます」

おたまも言う。

しばらく食べていると、牡丹の声が聞こえてきた。

「火ぃぃぃはいかがですか」

のんびりとした声である。高すぎず低すぎず。そして男とも女ともつかない艶《つや》やかな声だった。

「おや。新顔だね」

店主が首を傾げた。

「あれはなんですか」

「煙草《たばこ》の火を売ってるんだよ。煙管《キセル》から直接移してくれるんだ。口吸いみたいで色気があるから、このあたりでは人気なんだよ」

たしかにこれだけ美形の集まっている町なら、充分商売になるだろう。

牡丹のまわりには、男も女も集まってもらい火をしていた。

牡丹は沙耶に気がついてもそしらぬ顔で通り過ぎた。どうやら、牡丹なりになにかを調べているらしい。

牡丹が岡っ引きになれば、随分と頼もしいのでは、と沙耶は思う。機転も利くし、悪事を働かないいい岡っ引きになりそうだ。

「この界隈《かいわい》はいろんな商売があるね」

音吉が言う。

「そうなんだけどねえ」

店主がやや渋い顔をした。

「何か心配事でもあるのですか？」

「心配事ってほどじゃないけどね。芝居小屋っていうのはなんだかんだとお金がかかるからさ。市村座だっていつ潰れるかわかったもんじゃないんだよ」

「そうなんですか？」

「ああ。何度もそういう噂はあったんだけどさ。今度は本当に潰れるかもしれないいって言われてるみたいなんだ」

表情からすると、単なる噂では済まないようだ。どう見ても人気に見えるのに、内情は案外苦しいらしい。

「公演のための寄付を募ってからやろうという話もあるんだよ。木戸銭《きどせん》の予約ってやつかねえ」

「木戸銭は高いですよね」

歌舞伎の木戸銭は高い。沙耶のように同心の家庭では本当なら一生行くことはない。一番いい席は一両二分もかかる。月也の本来の給金は年で十両ほどだから、とてもではないが手は出せない。そのうえに料理代や宿泊費などもかかるのだ。

庶民用の安い席でも銭にすれば千六百文かかる。落語なら立ち見で十六文だから、値段の差はすごいものがある。

「高いけどさ、役者の金も高いからね。かといって役者の金をけちると、他の公演に行かれちまうからさ。人気役者の機嫌をとるのに大変なんだ」

たしかに芝居というのは役者の人気で客の入りが決まる。どんなに人気の演目でも無名の役者ばかりでは客は入らない。

だからどうしても興行主の立場が弱いのだろう。

「小さな小屋などはどうしてるのでしょう」

「そういうところは金もかからないから平気さ。入る額が大きくても出る額が大きいと潰れちまう。反対に木戸銭を安くしても金がかからない興行なら儲《もう》かるさ」

「大きいところがかえって辛いこともあるのですね」

「そうなんだよ」

店主が大きく頷いた。

だとすると、芝居の関係者は一部をのぞいて生活に困っているのかもしれない。

「売れない役者の人はお芝居で生活できるんですか」

「無理だよ。だからこのへんで働いてるんだ。みんな」

店主があたりを見まわした。

「まずさ、役者ってのは生活はできない。一部の特別な連中以外はね。でも役者をやっていたいって連中は離れられないのさ」

その気持ちもわかる。

しばらく飲むと、明日のために茶屋に帰ることにした。

沙耶たちが泊まるのは大茶屋と呼ばれる芝居茶屋である。これは裕福な人々が利用する茶屋で、泊まることもできる。

もう少し安い小茶屋もあるが、そこは泊まりにくいらしい。いずれにしても沙耶からするとまったくの別世界である。

部屋には布団が四組敷いてある。部屋の広さは二十畳ほどもあった。

「豪華な部屋ですねえ」

「明日のために力をつける部屋だからね」

「こんな広いところに一人だと、月也さんは寂しいかもしれませんね」

「月也の旦那は三畳くらいの狭い部屋だから大丈夫」

音吉がにっこりと笑った。

「そうなのですか？」

「だって芝居観ないんだからさ。小茶屋でいいじゃないか。場所の無駄だよ」

音吉はにべもない。しかし月也のことだから、眠れれば文句はなさそうだった。

「芝居は明け六つには始まるからね」

明け六つは銭湯も開くし、商店も開く。江戸の町が動きだす時間だが、芝居見物には少々早い気もする。

「お風呂はどうするのですか？」

「ひと芝居終わったあとに入るんだよ」

「本当に芝居漬けで一日過ごすんですね」

「一日じゃないよ。みんな三日くらい茶屋に泊まるんだ。あたしらみたいに一日っていうのはまだまだもぐりなのさ」

「その人たちは被害に遭ってるのでしょうか」

「まったくわからないね。なんたって金持ちだからさ。例えば簪なんかを盗まれたぐらいなら気にも留めないいんじゃないかね。でもそういう家はちゃんとした錠前をかけてるだろうから、盗みにくいだろう」

「芸者くらいがちょうどいいんですね」

問題はいつ、誰が盗みを働くかだ。

そして、やはり泥棒市に行ってみないと何もわからないだろう。

葺屋町で泥棒市の情報が得られるものなのだろうか。

もしかして、男装で街を歩いた方がここでは浮かないのかもしれない。芝居をやっている最中に歩くのは、沙耶が最初思っていたよりも効果的かもしれなかった。

しかし男装の服は持ってきていない。

「ここら辺で男ものの服は手に入るかしら」

「男装するのかい?」

「ええ。このあたりだと目立たないかもしれないから」

「それなら古着屋もあるし貸し衣装もあるよ」

音吉が嬉しそうに言った。

「結構揃ってるんですね」

「役者と同じ恰好したいっていう客が多いんだよ。だからいろんな店が出てるってわけだね。なににする？　見立ててあげるよ」

「そうはいっても、わたしは芝居はわかりません。東海道四谷怪談くらいですよ」

「いいね。それでいこう。沙耶の伊右衛門《いえもん》はきっと似合うよ」

音吉はおりんに声をかけた。

「帳場に伝えておくれ」

「はい」

「もう遅い時間ですよ」

「関係ないよ。すぐに手配する」

どうやら、貸衣装は深夜までやっているらしい。皆、夜に着替えて役者気分を味わうのかもしれない。

外に出るのは恥ずかしくても、部屋の中でなら様々な恰好ができるということだろう。

すぐに着付けの人がやってきた。

「髪型から何から整えてくれるよ」

「音吉もやったことがあるの？」

「ああ」

音吉が照れたような声を出した。

着替えてみると案外沙耶の伊右衛門は似合っているらしい。音吉もおりんもおたまも手を叩いて喜んだ。

「この恰好で外に出ても大丈夫なものですか」

茶屋の人に訊く。

「平気ですよ。そういうお客さんも割といます。なんといっても葺屋町ですからね」

明日はこの恰好で散策して、あちこち見て回ってみよう。

そう決意する。

「明日は用事があって芝居を観られないのですが、この恰好で外出させてもらっても大丈夫ですか」

「はい。着付け、お手伝いします」

安心して服を脱いで寝巻きに着替える。

「では今日はもう休みましょう」

これで明日何かきっかけが摑《つか》めるかもしれない。

そう思いつつ、沙耶は茶屋の布団で眠りについたのだった。

朝目覚めて、音吉たちを送り出す。

茶屋の朝食はお粥《かゆ》だった。あまり胃にもたれないようにという配慮らしい。

外に出ると、今日も曇りだった。雨でないというのは本当にありがたい。男装して伊右衛門の恰好で歩き出す。

あちらこちらから見られている気がした。

よく見ると役者の恰好をして歩いている人は男も女もそれなりにいた。芝居を観ないまでも雰囲気に浸りたいという人達なのだろう。

どうせなら古着でも買って行こうかと思う。辺りを見回すと団子屋がある。そこで古着屋のことを聞こうと立ち寄った。

「すいません」

「あいよ。団子かい」

「団子もだけど古着屋を知りませんか？」

「ああ。買い物だね」

「はい」

「それならさ。そこの三光稲荷《さんこういなり》を通り過ぎたところに富沢町《とみざわちょう》ってのがあってさ。朝古着を売ってるよ。団子は帰りに寄ってくんな」

団子屋に礼を言うと、歩き出す。

昨日は夜だったのと音吉たちも一緒だったので考えなかったが、このあたりは芳町《よしちょう》でもある。月也が陰間《かげま》として世話になった場所だ。

沙耶の男装もここでは目立たないと言えた。

富沢町につくと、あたりは人でごった返していた。

富沢町の古着は朝市といって、早朝に売る。

道の上に筵《むしろ》を敷いて品物が並べられている。陸奥《むつ》のほうから売りに来る人もいて、糸やら布やらも大量に売っていた。

そのほかに古着もある。言ってしまえば服に関連するものならなんでも扱う市ということである。

葺屋町が近いこともあって、役者が着ていた服が売りに出されることも多い。

だから早朝からさまざまな客がいた。粋な役者が着ていた服を着たい男もいる。女形が着ているような柄の着物を探している女もいた。

芝居の演目が当たると、役柄で着ていた服は流行る。この流行りには時間の差があった。まずは直接芝居を観に来る富裕層に流行る。そしてその次に庶民に流行る。

なので庶民にとっては、富裕層の古着が流行には丁度《ちょうど》いいということになる。

沙耶はなにかきっかけを探しに来たはずなのに、つい自分の着るものを探してしまう。

庶民もいたが、お金を持っていそうな人も来ていた。金持ちは着物はだいたい仕立てるのだが、推《お》している役者の柄となると古着のほうがいい場合もある。

しばらく見ていると、なんとなくこの場に似つかわしくない男がいた。

どちらかと言うと着物ではなくて人を探しているような雰囲気だ。十手などを持っていると、人の気配には敏感になる。

顔つきを見てもあまり堅気《かたぎ》には見えなかった。古着が盗まれないように監視しているようにも見える。

岡っ引きに似た雰囲気を持っているが少し違う。岡っ引きは少々居丈高《いたけだか》だが、その男にはそういう雰囲気はない。

むやみに人を疑うのはいけないと自分に言い聞かせたばかりだが、それにしても怪しい。

そんなことを思いながら古着を見ていると、男が一人の女性に話しかけた。裕福という感じの女性である。

さりげなく近寄って聞き耳を立てた。

「役者の持ち物を売る市が立つんですよ」

そう声をかけている。どうやらそれが泥棒市なのだろう。

しかしそれなら噂になってもおかしくない。どうやって秘密を守っているのだろう。

それと同時に、盗む方の情報はどのように手に入れるのか。

男を捕まえて口を割らせるのがいいのかもしれないが、そんな荒っぽいことは沙耶にはできるはずもない。

かといって男の後をつけるのも無理だろう。

ここは思い切って話に割り込んでみよう。

そう決意すると、沙耶は男に声をかけた。

「なんだか面白そうな話をしているわね」

突然割り込まれて、男は驚いた顔をした。それから沙耶を見る。伊右衛門の恰好をしているのを見て少し安心したようだった。

芝居好きの女だと踏んだに違いない。

「その市は、わたしも行けるの？」

「もちろん大歓迎ですが、入場料がかかりますよ」

「おいくら？」

「一両です」

「今払えばいいの？」

そう言うと、沙耶は懐から財布を出した。

中には十両入っている。あえて男に見せると目の色が変わった。

「どこにお泊まりですか？」

「『竹むら』です」

沙耶たちが泊まっている竹むらは、市村座を観るときによく使われる茶屋だ。「市村竹之丞《たけのじよう》」の竹をとって店名にしている。

相応の値段がするので、庶民はあまり泊まらない。音吉にしても、旦那にねだって泊まっているのである。

それだけに、沙耶のことを金持ちだと思ったらしい。

男の表情がゆるんだ。

「そうですかい。それならあとで竹むらに使いをやりますよ。今日もお泊まりですかい」

「そうですね」

予定にはないが、一泊増やそうと決める。

「では夕刻に使いをやります。ところで普段はどちらに」

「蛤町に住んでいます」

答えると、男は大きく首を縦に振った。

「芸者なんですね。権兵衛名《ごんべえな》はなんて言うんですか」

沙耶吉とでも言おうかと思ったが、それは語呂《ごろ》が悪いかもしれない。

「雪也です」

すまして答えた。権兵衛名は男名前だから、月也の名でもいいだろう。女らしい源《げん》氏名《じな》とは違うから、芸者か遊女かはすぐわかる。

「いい名前ですね」

どうやら疑われずに済んだようだ。

しかしこの男自身は泥棒ではないだろう。実際に市に行って泥棒を探してみるしかない。

「どのようなものを売ってるんですか」

「役者や芸者が実際に使っているものを特別に譲り受けてるんです」

「それはよさそうですね」

沙耶は思わず身を乗り出した。そうしてから、すこしためらう。

「しかし梅雨でしょう。雨の中を買い物はできません」

「そこは大丈夫です。寺の中でやりますからね」

また寺か、と沙耶は思う。寺はみんなを救う施設のわりに、犯罪の温床《おんしょう》になりやすい。町奉行が入れないせいだ。

寺とひと口で言っても、すべてが同じではない。寺の収入というのは檀家《だんか》からのお布施《ふせ》が中心である。しかし、檀家が少なかったり、そもそもいないという寺もある。

そういう寺は儲けるために様々なことをする。恋愛成就《じょうじゅ》の祈禱《きとう》をしたり、境内《けいだい》で芝居の公演を打ったり、縁日を開く。

その他にも賭場に場所を貸したりもする。

今回はそれの市場版ということだろう。

「わたしも行きたいわ」

最初に声をかけられていた女が、沙耶たちににじり寄ってきた。

「中村座の役者のものなんかもあるの？」

「もちろんです。中村座、市村座、どちらのものもありますよ」

「それならぜひお邪魔したいわ。うちは蠟燭《ろうそく》問屋をやっているの。お金の方は心配はいらないわ」

蠟燭は絶対儲かる。人は明かりがないと生活できないからだ。溶け出した蠟を集めてまた蠟燭に戻すという商売もある。

蠟燭問屋というからには、女の店は上等の蠟燭を扱っているに違いない。

「大歓迎ですよ」

男は乗り気な様子で言う。

「それはそうと、あなたはお芝居を観なくていいんですか？」

沙耶はふと気になって訊いた。この時間ならもう芝居が始まっている。古着を見ているよりも芝居を観る方がいいのではないかと思われた。

「今日はいいのよ。三日も続けて芝居を観ているのだけど、さすがに疲れて今日はお休みしているの」

音吉が言っていたように、三日連続というのはひとつの流れのようである。芝居自体、三日続けて観ると一つの物語が完結するようなものも多い。

とはいえたしかに体力は使う。だから前に観た演目なら、一日は休みを取って葺屋町や富沢町を散策することもよく行われた。

「それよりもその恰好は伊右衛門ね。よく似合っているわ」

「ありがとうございます」

沙耶は頭を下げた。

東海道四谷怪談の田宮《たみや》伊右衛門は、女性に人気の登場人物だ。顔が良くて女を騙《だま》す悪役っぷりが受けている。

ああいう男に騙されてみたい、というやつだ。

沙耶からするととんでもない男で、むしろお縄にしてやりたいと思うのだが、芝居を観るような人々からすると付き合ってみたいらしい。

勧善懲悪《かんぜんちょうあく》が多い芝居の世界にあって、最近は悪役の男に人気が集まっている。

だから女も沙耶の恰好に反応したらしい。

「お名前は何て言うの」

「雪也です」

「ということは芸者さんね。その恰好で座敷に出ることはあるの？」

「この恰好ではありません」

沙耶は首を横に振る。

芸者は男っぽい気風を売りにはしても、男装まではしない。

「もったいないわね。男装して相手をしてくれる茶屋があるなら行こうとする人も多いと思うのだけれど」

そう言ってから、女は声をたてて笑った。

「朱美《あけみ》といいます。よろしくね。普段はどこの座敷にいるの」

「深川ですよ」

「辰巳《たつみ》芸者さんなのね。なんとなく雰囲気あるわね」

「ありがとうございます」

「泊まっているのはどこなの」

「竹むらです」

「あら。宿は違うのね。残念だわ。市を覗《のぞ》くときにまた会えるかしら」

どうやら朱美は沙耶を気に入ったらしい。

「そうだ、深川は『にわか』はやらないの？　やるなら行くのだけれど」

「やりませんね」

にわかというのは吉原《よしわら》の行事である。にわか狂言の略で、吉原の芸者が狂言をおこなうのだ。役者でない芸者がにわかに狂言をやるのでそう呼ばれている。

人気の芸者が男装するのが評判で、このときばかりは女性客も吉原におしかける。

八月の一ヵ月間、吉原は男女共に賑《にぎ》わうことになっていた。

たしかに深川でもやれば人気になるかもしれない。しかしそんなことをして目立ったらきっと取り締まられてしまうだろう。

沙耶は古着を眺めながら、なんとなく思った。すると男が言う。

「お客さんは男装がお似合いだから言うんですがね。今回は特別なものがあるんですよ」

「何ですか」

「噂の男装同心、沙耶様の着ていた服が出てくるんです」

「ええっ」

沙耶よりも早く朱美が叫んだ。

「それは本当なの？」

「はい。特別に出品していただきました」

「それは欲しいわ」

朱美が楽しそうに言った。

一体どういうことだろう。もちろん沙耶は自分が着ている服を売り飛ばしたりはしていない。

それに沙耶の顔は二人とも知らないようだ。

沙耶は深川を中心に廻っているから、葺屋町の辺りはたしかに歩いていない。深川や市谷ならともかく、この辺りではわからないのだろう。

それにしても沙耶の着物とは。

「同心の着物など、価値があるのですか」

「もちろんですよお客さん」

男が勢いよく言う。

「今このお江戸で夫婦《めおと》同心を知らないというのはもぐりですよ」

「知ってはいますけど、着物に価値があるのですか」

「当然です」

朱美が大きく頷いた。

「女の身でありながら、男以上に活躍している方です。しかも、役者も振り返るほどの美形だというではないですか」

そんなことはないと沙耶は思う。しかし見たことのない人にとっては、沙耶は瓦版《かわらばん》の中の沙耶である。

もはや脚色されてしまって何が何だかわからない美形にされていた。

それにしても、その着物は偽物なのではないかと思う。

あるいは知らない間に盗まれたのだろうか。

しかし他のものと違って着物を盗まれたらさすがにわかるだろう。押入れにしまって放置しているようなものではないからだ。

数多くの着物を持っているならともかく、沙耶はそんなに多くは持っていない。

ますます参加してみるしかなさそうだ。

「では使いの人をお待ちしますね」

そう言うと、一旦自分の家に戻ることにした。着物をたしかめてみなくてはいけない。

富沢町を出て、一度葺屋町の竹むらに戻る。

店のあたりに牡丹が立っていた。

「どうしたの。牡丹」

声をかけると、牡丹が笑顔になった。

「お待ちしていました」

ということは、牡丹なりに何かを摑んだに違いない。

「何かわかったのね」

「一応は。何と言っていいのか困るところですが」

「どういうこと？」

「この辺りで開かれている泥棒市は、泥棒が儲けるためのものではありません」

「不思議なことを言うわね」

泥棒が盗みを働くのに、本人たちが儲からないというのはありえないだろう。義賊《ぎぞく》と言われる鼠小僧《ねずみこぞう》だって、自分の儲けはしっかりと確保しているらしい。

「それが、どうも役者たちのためなのです」

「役者？」

「実は、市村座の経営が苦しくて、そろそろ破綻《はたん》しそうだと。そのために売れない役者の給金が払えなくなってきて……」

「もしかして、それを補うために盗品を売っているというの？」

「そうです。岡っ引きが協力しているのも、市村座の存続のためのようです」

「それは困ったわね」

沙耶もどうしていいのかわからない。

泥棒はもちろん悪いことだが、泥棒市を開かなければ市村座が潰れるというのであれば、犯人を捕まえたくない気もする。

それにしても、いつも大入り満員の市村座がそんなに簡単に潰れるものなのだろうか。おでん屋から聞いていても信じがたい。

しかし牡丹が言うからには、いい加減な話ではないだろう。

「岡っ引きは何という人なの」

「葺屋町の忠助《ただすけ》親分です」

「どんな人？」

「年は四十歳で、とにかく芝居の好きな人ですよ。役者に降りかかった災難を振り払うために岡っ引きをやっているような人です」

「では悪い人ではないのね」

「悪いなんてことはかけらもないですよ。ゆすりたかりも全然しないです。そのせいでお金がないので、いろんな人から寄付を受けて生きています」

それなら人望も厚いだろう。しかしそうだとするなら、もっと他の方法で市村座を存続させる道があるのではないだろうか。

一瞬そんなことを思ったが、きっと他に方法はないのだろう。素人《しろうと》がこうすればいい、などと思うことは、たいがいすでに試されているものだ。

「牡丹はどうすればいいと思う？」

「首謀者は捕まえないわけにはいかないでしょうね。でもあまり重罪に問うと奉行所は恨まれるかもしれません」

庶民からすると、芝居や落語を奪われるというのは、生きる希望を削られるようなものである。

だから犯人を捕まえたとしても、市村座存続の道が残るような捕まえ方をしないといけないだろう。

「ところで、泥棒市にわたしの服が出るらしいの」

「沙耶様の？」

牡丹が驚いたような顔をした。

「そうなのよ。心当たりがないのだけれど」

「わたしはありますよ」

牡丹が言う。

「そうなの？」

「色悪《いろあく》を捕まえたときに、なんどか変装しているでしょう。それか絵姿《えすがた》のとき。沙耶様の持ち物というより、その時に借りた服などではないですか」

そういえば、袖は通したが、沙耶の服ではないというものならいくつかある。

「盗まれたのかしら」

「譲り受けたのかもしれません」

牡丹が考え込む。

たしかになんでもかんでも盗まれたとは言えない。泥棒市とはいえ、合法と非合法が入り混じっているのかもしれない。

「問題は、これを火盗改《かとうあらた》めがかぎつけるかどうかですね」

「かぎつけても手は出さないでしょう」

「どうでしょうか」

牡丹が懐疑的な声を出した。

その声を聞いて、たしかに手を出してくるかもしれないと思いつく。

火盗改めは岡っ引きを使わない。使うのは密偵である。似たようなものだが大きな違いがある。

密偵は十手を持たない。あくまで民間の存在である。そして密偵は足を洗った盗賊がなるものだ。つまり、元犯罪者である。

それに対して岡っ引きは現役の犯罪者だ。盗賊のような大掛かりな犯罪をしないというだけのことだ。

そう考えると密偵よりも岡っ引きの方がたちが悪い。密偵は料理人をやったり薬屋をやったりと、堅気に戻っていることが多かった。

給金を払うわけではないから、火盗改めにとって密偵は数が多い方がいい。

今回の泥棒市を利用して密偵を増やそうと考えるかもしれなかった。

火盗改めは、寺でも大名屋敷でも入り込んで捜査をすることができる。寺の中の市場でも全くお構いなしだろう。

その代わり火盗改めには犯人を裁く権利はない。捕まえて調べるところまではやるが罪を決めるのは上である。

そのために、更生させるつもりの犯人は届け出ないのである。

そう考えると、今回の泥棒市は火盗改めの絶好の狩場《かりば》とも言える。

やれやれ、と沙耶は思った。

泥棒を追いかけるはずが、味方にならないのはむしろ取り締まる側だというのは困ったものである。

とはいってもやるしかない。

「牡丹も泥棒市に来る？」

「もちろんお供します」

当たり前のように返事が来る。

牡丹がいてくれるとなにかと心強いから、沙耶としてもありがたい。

「では竹むらで待ちましょう」

服を盗まれていないなら自宅には戻らなくてもいいだろう。

「いまのうちにお風呂に入ってくるわ。牡丹も行く？」

「はい」

葺屋町には和泉《いずみ》風呂という銭湯がある。わりと大きめの銭湯で、朝から数多くの客で賑わっていた。

芝居を観る客はともかく、付近で働いている人は芝居の上演中、仕事の隙《すき》を見て風呂に入る。芝居の合間に客が食事をしたり買い物したりするから、その前に綺麗にしておこうということだろう。

芝居見物の時に、芝居は観ないが身の回りの世話をする女中を連れていることもある。その人たちもやはり上演中に銭湯に来る。

だから和泉風呂は、芝居の客よりもその周辺の人々で混雑していた。

女風呂などと違ってゆったりと入る雰囲気はない。体を洗ったらさっさと出て行ってしまう。お湯の温度も熱くて、ゆっくり浸かるようなものではない。

沙耶もさっさと体を洗うと銭湯から出た。

深川のほうがやはり落ち着く感じにはなる。

風呂から出ると、牡丹が先に出て待っていた。すっきりとした浅黄《あさぎ》色の袷《あわせ》を着ている。金茶《きんちゃ》で牡丹の柄を入れていて、美形の多い葺屋町でもひときわ目立つ。

「では行きましょう」

並んで歩くと、人々の視線が集まってくる。

自分のことではないが、牡丹の美貌が目立つのはなんだか誇らしかった。

「牡丹はどうやって泥棒市に入ればいいのかしら。招待されないといけないらしいのよ」

「店を出す側として入ります。普段通り梅の花の砂糖漬けを売りますよ」

「そうなの？」

「泥棒市とはいっても、食べたり飲んだりもしますし、夫婦で来られる人もいるかと思います。わたしの売っている梅の花も買いたい人はいるでしょう」

「でも、今まで出たことはないのよね？」

「ありません。花売りというのは縄張りもあって、この辺りでは商売はできないんですよ。今回は特別です」

それから牡丹はふふっと笑った。

「関係者をたらし込みました」

どうやったのかは知らないが、牡丹に迫られたら誰でも落ちてしまう気がする。

歩いていると、月也が辺りをまったく窺う様子を見せずに歩いていた。

「月也様はまるで警戒している感じがないですね」

牡丹が感心したように言う。

「月也さんらしいわね」

沙耶は月也の歩き方が好きだ。おおらかで、安心感がある。

岡っ引きなどはキョロキョロと辺りを見回して歩くから、雰囲気が悪い。同心の方は、少し体を反《そ》らせて、周りを威嚇《いかく》するように歩く人が多かった。

それに比べると月也は自然体である。

今日などは同心という身分で歩いていないから、雪駄も履いていない。町人とも違う不思議な品の良さを持っていた。

なんとなく月也のほうを見ていると、沙耶の視線に気が付いたらしい。

笑顔を浮かべて近寄ってきた。

「お。沙耶。どうだ」

「いろいろとわかりましたよ」

「こちらもわかった」

月也なりに何事か調べたらしい。

「なにか食べながら話そうではないか」

月也は胸を張って言った。どうやら本当に進展があったようだ。

そして、沙耶たちは一軒の食堂に入った。親父橋のそばにある食堂だ。店の前に「一膳めし」という桃灯《ちょうちん》が立っている。

そして店の障子《しょうじ》に「なんでも八文。飯は十二文」と書いてある。

店はそこそこ混んでいて、とてもではないが落ち着いて話ができるような雰囲気ではない。

「ここで話をするのですか？」

「ここだからできるのだ」

月也は平然と入っていく。

「三人だ」

「適当に座ってくんな」

「昼時だと座るのも大変だからな」

月也があいている席に腰をかけた。

「来られたことがあるのですか？」

いつも月也と歩いている沙耶が、知らない店である。

「陰間《かげま》をやった時に来たのだ」

「あの時は食事は茶屋が用意してくれたのではないのですか？」

「こちらの方が旨い」

月也があっさりと言う。

店を見渡すと、葺屋町とはまるで客が違う。ほとんど男だ。なんとなくせかせかした印象の客が多い。

「なにかとってきましょう。なにがいいですか」

牡丹は慣れているようだ。

「牡丹も来たことがあるの？」

「ここはないですが、深川にもありますからね」

たしかにこの間、音吉のところに運んではもらったが、実際の店の中はまるで雰囲気が違う。

「おまかせするわ」

「わかりました」

「俺は自分で選ぶ」

月也も立ち上がる。

二人揃っておかずを眺めている姿がなんだか微笑《ほほえ》ましい。もしかしたら、家族というのはこういう雰囲気なのかもしれない。

沙耶が育ったのも幸せな家庭だった。上の兄が一人。弟と妹が一人ずついる。兄は子供の頃から父親について同心見習いにはげんでいた。

沙耶もついて行って親子で散歩のように見廻りをしたこともある。

そういう家庭も悪くはないだろう。

そんなことを思っていると、月也と牡丹が戻ってきた。

月也はいくつか皿を持っている。山芋《やまいも》をすりおろした上に卵を落としたもの。山盛りの大根おろし。そして鯖《さば》を焼いたもの。茄子の煮びたし。

牡丹のほうは、鯖の味噌煮と胡瓜《きゅうり》の漬物である。

二人は沙耶のためにやはり鯖の味噌煮を持ってきてくれていた。それから白瓜の煮物である。

あとは二人の皿から取れということだろう。

「これがお得なんですよ」

牡丹が胡瓜で黄色くなった皿を指さした。大きな丼《どんぶり》に載りきらないほど胡瓜が積みあがっている。

胡瓜は安い。子供の腕くらいの太さになって黄色く熟したものを刻み、漬物や煮物にする。たいして味が良いものではないが、量はあるのだ。

「ここの胡瓜は珍しく美味しいんですよ」

言われるままに食べる。甘くて辛くて酸っぱい。どうやらかなり味の濃いタレに漬け込んであるようだ。

胡瓜のざくざくとした食感がタレによく合っている。醤油味のタレの中に、唐辛子と混ぜ合わせた味噌の風味があった。

味噌が決め手らしくて、おかずにもちょうどいい。

あたりを見ると、胡瓜をつまみに昼から一杯やっている人も多かった。

「皆さんお酒を飲んでいるんですね」

沙耶が言うと、月也が頷いた。

「祝い酒とやけ酒だな」

「どういうことですか？」

「芳町通りと人形町通りには口入れ屋が多いのだ。ここに仕事を求めてやってきて、うまく決まれば祝い酒。駄目ならやけ酒になる」

なるほど。それはそうなるだろう。

沙耶は納得する。同時に、このあたりは混沌《こんとん》とした町だとも思う。芝居を観るための葺屋町や陰間茶屋が流行っている陰で、仕事を求めている人たちが列をなしている。

それに比べると深川は単純でいい町だという気がした。

「このへんは、道が一本違うだけで飯の味も違うのだ」

月也が楽しそうに言った。

「そうなのですか？」

「ここは濃い。陰間茶屋はやや薄味だな」

言いながら、月也は飯の上に山芋をかけ、醤油をたらす。

沙耶はそれを見ながら鯖の味噌煮に手をつけた。山椒《さんしょう》の香りがした。

仕上げに山椒を振りかけたらしい。煮あがった鯖のそばには梅干しが添えられている。一緒に煮たものだ。

鯖もたしかに美味しいが、鯖と一緒に煮た梅干しほど美味しいものはそうはない。鯖の旨みをたっぷり吸った梅干しはご飯との相性が最高である。

「これは酒が欲しくなるな」

月也が呟《つぶや》いた。

「お役目中ですよ」

言いながら、その気持ちはよくわかる。役目でなければ沙耶も飲みたいくらいだ。

食べながらなんとなくまわりの会話が耳に入ってくる。どうやら仕事自体は多いのだが、割のいい仕事はそんなに多くないらしい。

「えり好みしなければいつでもあるんだけどよ」

一人の男が仲間に愚痴《ぐち》っていた。

「そうそう。同心の小者なんていつでもあるんだけどさ。あれじゃあとても生活できねえからな。掛け持ちでもできるなら別だけどな」

たしかに小者の給金は安い。奉行所から支給されるわけでもないからだ。沙耶に関しては給金と呼べるものはもらっていない。

月也と懐が一緒だから気にならないだけである。

「それがさ。最近小者でもいい仕事があるの知ってるか」

「なんだ」

「同心がどういうことをしているのか、同心の日々の行動を売る仕事があるらしいぜ。これが小者の給金よりもずっと高いらしい」

「あ。それは知ってるな。あとは岡っ引きの旦那をいろいろ売る仕事な」

男たちが盛り上がる。

沙耶と月也は思わず顔を見合わせた。

それが本当なら、なかなか大変なことだ。同心や岡っ引きの行動が犯罪者に筒抜けということになる。

「なんでもさ。そういった裏の仕事専門の口入れ屋があるんだってよ」

「そいつは助かるな」

「でも、首が飛ぶんじゃねえか？」

男たちは話に夢中のようだ。

沙耶が言う。

「今回のことも関係しているのでしょうか」

「そうかもしれないな」

月也が頷く。といっても男たちの話はただの噂話だ。本当かどうかもわかりはしなかった。

「ところで、泥棒市を開くのはどのような罪になるのかな」

月也が腕を組んだ。

「罪、ですか」

そういえばいったいどんな罪になるのだろう。夜に物を売ってはいけないという取り決めはない。

町の間の移動は制限されるが、物を売るのは平気だ。単純に夜が暗いのと、翌日にさしつかえるから夜寝ているだけである。

限定された人を招待するのにも罪はない。

盗品を売るのは違法だが、届けがなければ証明もできない。

気持ちとしてけしからん、ということはできても、取り締まるというのは実はできないのではないか、と沙耶は思った。

「そういえばこれは罪に問えないかもしれませんね」

「言いがかりになってしまうな」

言ってから、月也が嬉しそうに笑った。

「盗品さえ取り返せれば、誰も悪くない、でいいのではないかな」

たしかにそうだ。音吉のあれさえ返って来れば、あとは犯人が反省してくればそれでいい。

それにしても、夜の市というのを考えたのは誰なのだろう。

江戸の町では、早朝から様々な物を売っている。わざわざ夜中に市など立てたら自ら怪しいと叫んでいるようなものだ。

あえてそんな危険を冒してでも売らなければいけないものがあるのだろうか。

「お奉行様はどう思うのでしょう」

沙耶が訊くと、月也はかすかに唸《うな》った。

「まったくわからないな。ちょっと訊いてくる」

そういうと、月也はさっと飯をかき込んだ。

「あとは頼む」

食べ終わると、すっと店から出て行った。

「牡丹はどう思う？」

二人になったあとで、牡丹にも尋《たず》ねる。

牡丹は沙耶よりもよほど世慣れているから、こういうときは頼りになった。

「わたしが思うに、ほとんどが普通の品なのだと思います。多少は値段を上乗せしているかもしれませんが。一部に盗品がまざってるだけでしょう。盗品しかない市場を立てるようなことはさすがにしないと思います」

「普通の品なら普通に売ればいいのではないの」

「そうでもないですね」

牡丹が首を横に振る。

「どうして」

「どこで売っているのかも鍵なんです。魅力の半分は場の雰囲気でしょう。決して買えないものを、自分は特別に買えるという意識がいいのだと思います」

「それはわかるわ。気持ちがいいわよね」

「問題は、それを悪用する連中が出たときですね」

「悪用？」

「泥棒市に出たことをネタにゆすったり、泥棒市に行っている間に盗みに入るというようなことです」

たしかに、音吉も不在の間を狙われたわけだ。

「それにしても、一体誰が音吉のあれを盗んだのかしらね」

そこはどう考えても見当がつかない。

「芸者の家に盗みに入れるなんて、限られた人しかいないですけどね」

牡丹もため息をついた。

「隣の家のお母さんとか？」

沙耶は思わず冗談を言った。

「そうですね」

しかし牡丹が相槌《あいづち》を打つ。

「まさか」

言ってから、ふと思う。

一人の犯人が多くの盗みを働いているのでなければどうだろう。隣の家のものを留守の間に盗むだけなら、案外簡単なのではないだろうか。

たとえば、相手にとってそんなに困らないものであるならやるかもしれない。

普段はいい人でも、お金に困ったら魔が差すということはある。

「音吉の隣の家ってどんな家なの」

「勝尾《かつお》姐さんですか。どんなと言われても困りますが、三味《しゃみ》線《せん》の名手です」

「それなら人気はある人なのね」

沙耶がいうと、牡丹がさらに困ったような顔をした。

「それが最近はそうでもないのです」

「どうして？」

「三味線がどうかよりも、若くて可愛い娘がお酌してくれることの方が重要になっていますから。音吉姐さんのように全部そなえてる人はいいのですが、芸の腕だけではなかなか客がつかないのです」

「でも、旦那がいるでしょう」

芸者は一人ではいろいろなものをまかなえないから、お金の面倒を見てくれる旦那がいる。だから、生活が苦しくなることはあまりない。

「それが、最近旦那との仲がうまくいっていないようなのです」

「それは大変ね」

勝尾という人が犯人の可能性はあるのだろうか。しかし音吉が言っていたように、芸者が芸者のものを盗むとは考えにくい。

「その人が犯人ということは……」

「それはほぼないと思います。誇り高い人ですから。ただ、一緒に住んでいるお母さんがやるということはあるのかもしれません。でも、音吉姐さんからは考えるのもやめろと言われています」

芸者の誇りを疑うようなことはしたくないのだろう。

だとすると、もし勝尾のお母さんが犯人だったとしても、なかったことにするかもしれない。

音吉としても、紙でできたあれさえ返ってくればいいということか。

沙耶はどうするのがいいのだろう。これは単純に犯人を捕まえればいいという問題ではない。八方丸く収めてほしいということなのだ。

市村座が破綻しそうなことと盗みが関わっている気はするが、誰を捕まえればどうなる、ということがわからない。

盗賊であるなら、親分を捕まえればいい。しかし今回の事件の場合は、目立った首謀者はいないかもしれない。

「牡丹は誰が悪いと思う？　この事件」

「そうですね。盗みは悪いです。どんなものでも誰かが少しは困りますから。罪が重いとか軽いとかではなくて、やってはいけないことです」

「そうね」

単純に考えようと思う。泥棒だから捕まえる、でいいだろう。

牡丹と宿に戻る。夕方になって、使いが来た。

「明日の夜ここに駕籠《かご》が来ますから、それに乗ってください」

「わかりました」

沙耶が頷くと、男は帰っていった。

「これで解決するなら何だかあっけないわね。悪党もいないようだし」

「残念なんですか」

牡丹がからかうように言う。

「張り合いがない気がするの」

「たしかにそうですね」

牡丹も言う。それから首を傾げた。

「たしかに少々あっけないです」


そのころ。

月也のほうは奉行所で筒井に仔細《しさい》を語っていた。

「それはゆゆしき問題だな」

筒井がやや強張《こわば》った顔つきになった。

「泥棒市がそれほど問題でしょうか」

「いや。それはどうでもよい」

筒井がにこりともせずに言った。

「問題なのは口入れ屋のほうだ。裏稼業専門の口入れ屋がいるのであれば、捨てておけぬ」

それはそうだ、と月也も思う。泥棒市はともかく、こちらは本物の悪党である。

筒井が伊藤に顔を向けた。

「これをどう思う」

「どうもこうもありません。言ってしまえば盗賊から上前《うわまえ》をはねて商売をしようというようなものです。許してはなりません」

そして伊藤があらためて月也に言った。

「よいか。本人は陰に隠れて、罪のない庶民を騙して犯罪の片棒を担がせる。そして捕まるのは手先となった者だ。これほど悪質なことはあるまいよ」

「そうですね」

たしかに許せるものではない。いい奴というようなことはないだろう。

「問題は大々的に調べるわけにいかないということだな」

　筒井が言う。

「どういうことでしょうか」

「これは、ちょっとした思いつきで始められるようなことではない。後ろにしっかりとした人物がいるだろう。盗賊や商人ならいいが、与力や同心が絡んでいてみろ。お上の信用がなくなってしまうだろう」

「では、どうすれば」

「内々に捕まえて処分するのだ。隠蔽《いんぺい》というやつだな」

　そう言ってから、筒井が苦々しい顔になった。

「残念ながら町奉行の仕事では、幕府の膿《うみ》を出すことはできない。もし与力などが絡んでいたとしても隠蔽するぐらいしかできないのだ」

「庶民の信用を失うよりはましでしょう」

　飯屋で小耳にはさんだ噂が思ったよりも大事《おおごと》になった。とにもかくにも、泥棒市の方から解決するしかないだろう。

「よいか。くれぐれも内密にな」

　あらためて念を押されてから、月也は奉行所を出たのであった。

「あたしのあれが、本当に泥棒市で売られるっていうのかい」

芝居の見物を終えた音吉が、不機嫌そうに言った。

「まだ決まったわけではないですが、ありそうな話です」

「よし。あたしも行こうじゃないか」

「受け入れてもらえるでしょうか」

「大丈夫だろうよ」

音吉は自信たっぷりである。

たしかに音吉ならそうかもしれない。沙耶は納得する。

「では、今晩もう一泊して明日の晩を待ちましょう」

「そうだね。そうしよう」

翌日の夜になって、駕籠がやってきた。なんと四人駕籠である。

駕籠というのは最低二人で担ぐが、揺れるのを避けるために担ぎ手を四人用意することもある。その分高くなるから庶民はあまり使わないが。

「行くのが二人になったんですけど」

沙耶が言うと、駕籠屋が露骨《ろこつ》にいやな顔をした。

「そいつはちょいと困りますね」

「なんだい。駄目だっていうのかい」

「二人乗れませんか」

「駕籠に二人は無理ですよ。担げません」

「じゃあ自分で呼ぶよ」

音吉は引き下がらない。

これはいい方法だ、と沙耶は思う。二人は乗せられないから帰ります、というのは駕籠屋としては言いにくい。かといってもう一丁呼ぶとなると、信用できる駕籠があるかが問題となる。

沙耶が思うに、行く場所を知られたくはないだろう。

「わかりました。おい。駕籠借りてこい」

兄貴分にあたる男が指示した。

しばらくして駕籠が届く。

四人いた駕籠かきが二手に分かれ、駕籠が二台になる。

「乗り心地は悪いですよ」

言いながら手拭いを渡された。

「これで目隠しをしてください」

「面白いね」

音吉の目が輝いた。

「ではどうぞ」

なるようになるだろう、と沙耶は駕籠に乗った。

駕籠は途中で川を越える。

しばらく行くと、止まった。降りるとどこかの寺の境内である。といってもどの寺かは沙耶にはわからない。

「いいですか、声は出さないで買い物してください」

駕籠の男に注意される。

そこは、静かで賑やかな市場だった。店の数はそれなりに多い。だが、客はまるで声を立てずに品物を選んでいる。

基本的には服である。食べ物などもある。

そして小物も売っていた。

歩いていると、「競《せ》り市」という看板を持った男が何人か歩いている。興味があるならついて来いということだろう。

それにしても、みな行儀よく黙っているものだ、と感心する。欲しいもののために規則を守っているのだろう。

「これは誰の罪なのかしら」

沙耶は困ってしまった。

「とりあえず主催してる奴じゃないかね」

音吉が言った。

「でもどんな罪なんだい。夜に市場を開いた罪かい」

「泥棒が関わっていることはたしかじゃないですか」

「開いた奴が泥棒とも限らないだろう」

「それはそうですね」

あらためて考えても、なかなか難しい問題だ。しかも、たいしたものを盗られたわけではないからどうにも座りが悪い。

それに客の顔を見ている限り、みんな楽しそうである。一体何を取り締まればいいのか疑問に思ってしまう。

「陰に隠れて悪事を働いてる人とかいないんでしょうか」

沙耶が言うと音吉が笑いだした。

「なんだい。芝居じゃあるまいし」

「そうだとすると、これは今までの中で一番の難事件です。犯人をどうやって捕まえればいいんでしょうね。音吉のあれを盗むのはどのくらいの罪でしょう」

「平手打ちぐらいかね」

音吉がまた笑った。

「そうですね。それなりの意味がありそうですしね」

言ってから、いや、と思い返す。どんなものであろうと人の大切なものを盗んではいけないし、それをわかって市を立てるならやはり犯罪だ。

雰囲気に流されてはいけない。

「とりあえず競りを見ましょう。きっと音吉のものも出ていますよ」

言いながら、ゆったりと見て回る。

夜ということをのぞけば普通の市場である。が、どうも雰囲気がおかしい。客はともかく、売っている側が不思議な雰囲気である。

商人らしくない。

「これって店の人がみんな泥棒ということはないわよね」

「どうだろう。そんなことがあるのかな」

音吉が急に不安そうにあたりを見回した。

「商人としては慣れていない感じです」

今日店を始めようと思って、突然始める人はあまりいない。最初はどこかの店で修業するのが普通だ。

しかしいま歩いていて、慣れた感じの人がいない。

慣れているかどうかを見分けるのは簡単で、「いらっしゃいませ」という言葉の具合でだいたいわかる。同じ言葉を何百回も言っていると自然になるが、そうでない場合は違う。

たとえば役者は役者声というのがある。これは素人とは少し違った音の声だ。そして役者声で「いらっしゃいませ」と言ってもはまらない。

いま店でものを売っている人々の声はどうにもはまっていなかった。

江戸は物売りの町である。町人の半分近くはなにかしら売っている。だから「いらっしゃいませ」がはまらない人だけで市が立つというのはかなりおかしいことだ。

いったい誰が仕切っているのだろう。

「多くの泥棒を仕切っているのであれば、それが小さな盗みであってもれっきとした事件ですね」

沙耶は気持ちを固めた。なんとなく事件ではない気持ちにさせられていた。競りがありそうな方向に歩いていくと、牡丹が花の砂糖漬けを売っている。

「牡丹。ここで売っているのですね」

「はい」

「無事ですか」

「わたしは平気です。それよりも、この市案外質《たち》が悪いです。同情せずに捕まえた方がいいですよ」

牡丹が言った。

「どういうこと？」

「ここに出店してるのは皆さん泥棒か役者なんですが、この人たち、どうやら全員がいい人なのです」

「どういうこと？」

「だって、店の売り上げの四割をわたしているのですよ。市村座のために」

「元締め本人は泥棒ではないの？」

「そこまではわかりません」

牡丹としては、出店料の方が気になるようだった。

「ところで着替えを持ってきましたよ」

牡丹が沙耶の男装を用意してくれていた。

「捕り物になった時のために準備したのです」

「ありがとう」

「着替える場所はそこらじゅうにあります。役者気分を味わうために着替えられるようになっているんですよ」

たしかにあちらこちらに着替え用と思われる小屋があった。

沙耶はそこですばやく男装になると、三人で競り市のほうに向かう。

男装をした女は案外多くて沙耶は目立たない。

客は男女半々というところだろうか。男の方は普段着が多く、女の方は芝居っぽい恰好をしている客が多かった。

「客の方は普通に楽しんでいるみたいね」

「夜の市ってだけでなんだか楽しいよ」

音吉が笑った。

たしかにそれはそうだろう。夜に買い物ができるというだけでわくわくする。問題は、この中に盗品があるということだ。

「競り市にだけ盗品が出ているのでしょう」

それにしても、捕り物としては全くしまらない話だ。大山鳴動鼠一匹《たいざんめいどう》というところか。

競り市につくと、ちょうど始まるところだった。競り市は神楽舞《かぐらまい》などをする壇上で行われている。

客は壇上を囲むようにして座っていた。

壇上で男がひっそりと言う。

「深川の人気芸者、音吉の縁起棚にあった代物だ。音吉の旦那気分になれること請け合いだよ」

口上が述べられる。

あちこちから声があがった。といっても控え目な声で、値段を書いた札をあげる。

あたりにはかがり火が焚《た》かれているから案外明るかった。

あっという間に七両の値がつく。

「すごいですね」

沙耶は感心した。

「なんだい。たった七両かい。馬鹿にしやがって。三十両もつけばすっきりするけどさ。こんな値しかつかないなんて馬鹿にしてる。やっちまおうよ」

音吉が壇上にあがる。沙耶も続いた。

「おい。人の家から盗んだものをこんなところで勝手に競りにかけるっていうのはどういう了見《りょうけん》なんだ。このあたしが盗まれたって言ってるんだから、お前ら全員盗賊として捕まっても文句は言えないよ」

後ろからついた沙耶が十手を抜いた。

「そういうことだ。おとなしく観念するといい」

それから沙耶は大きな声で叫んだ。

「御用だ！」

沙耶が叫ぶと、客は蜘蛛《くも》の子を散らすように逃げていった。

あとは壇上にいる人間だけである。

元締めらしい男と、芸者の勝尾の母親の二人が残っていた。

「どうして」

音吉が言う。

「あんたなんかにはわからないよ」

勝尾の母親が毒づいた。

「勝尾さんはあんなに立派な芸者じゃないか」

「だからなんだっていうんだ。立派じゃ金にはならないんだよ。客なんてね、若くて可愛い女の方がいいんだ。芸は関係ないのさ」

「やはり生活が苦しいのですね」

沙耶が言う。

「そうだよ。だから景気のいい芸者から少々頂いたって悪いことはないだろう」

「いえ。悪いです」

沙耶はきっぱりと言った。

「どんなことを言ってもそれは単なる盗みです。そしてもっと悪いのは、勝尾さんの芸に対しての侮辱です。お前の芸では稼げないと言ってるのと同じではないですか」

沙耶に言われて、母親ははっと思ったらしい。

「そんなつもりではなかったんだよ」

「つもりがないから人を傷つけていいということではありません。これを知ったら勝尾さんがどんなに傷つくかわからないんですか」

「考えなかった……」

きねがうなだれる。

沙耶は男のほうにも目を向けた。

「泥棒の皆さんから上前をはねて商売をするっていうのはどうなんですか。いくらなんでも悪質だと思いませんか」

「もちろん悪質です。言い逃れをする気はありません。打ち首でもなんでもお受けしますから、そちらの方は許してあげてください」

男があっさりと降参した。

いくらなんでもあっさりしすぎである。悪党なら悪党らしく、もう少しじたばたしてもよさそうなものだ。

「訳ありなんですか？」

沙耶は思わず訊いた。

「盗まれた方には関係ないんですがね、泥棒の方々からの上がりは、すべて寄進しているんです」

「どこにですか」

「市村座です」

「なぜですか」

「そろそろ潰れそうだからですよ。芝居なんてね、ひどいもんです。お武家さんからすれば遊びごとかもしれませんがね。こちらは命をかけてやってるんですよ。生活できるのは一部の千両役者だけなんです。しかも稽古《けいこ》があるからまっとうな仕事もできない。そういうことで泥棒したものを売るということを始めたんです」

沙耶は、思わず音吉と顔を見合わせた。

これはどう判断すべきか。沙耶にはわからない。ただ、少なくとも自分が儲けたいという動機ではなさそうだ。

「どうしたらいいのでしょう」

沙耶は男に訊いた。

「それを泥棒に尋ねるのはどうなんですか」

男が苦笑した。

「それは放っておいてよい」

不意に後ろから声がした。

内与力の伊藤が月也とともに立っている。

「伊藤様」

沙耶が頭を下げる。

「このことが知られてしまうと、江戸三座が潰されてしまうかもしれない。庶民の楽しみを奪うなというお奉行様のお達しだ」

　どうやら、奉行所としては芝居の一座を守る方向らしい。

　伊藤は男を見た。

「深夜に市を開くのはけしからん」

「誠にすいません」

「今後は夕刻にせよ」

「え？　そこなんですかい」

　男が目をむいた。

「泥棒市という名称はなかなか面白い。名称だけは残してよかろう。ただし、盗んだものではなくて、他の方法で正規に手に入れたものを売るようにせよ。役者にしても、一座が潰れそうだというなら私物を寄付するぐらいはしてくれるだろう」

「そうかもしれません」

「内緒でやろうと思うからややこしくなるのだ。胸を張って堂々と商売できるようにするといい。とにかくこの事は表沙汰《おもてざた》にすることとあいならん」

　伊藤はそう言うと、沙耶に顔を向ける。

「よいか。他言《たごん》は無用だ」

こうして、事件はなんとうやむやにされたのであった。

「それにしても、悪い奴がいなくてよかったな」

月也が嬉しそうに言った。

「そうですね。しかも市村座も潰れないで済みそうです」

葺屋町は、二日に一回、夕刻に泥棒市という名前の市を立てることになった。

富沢町の朝市とは反対である。

役者の私物などもそうだが、食べるものもその日の売れ残りが安く集まってくる。

様々な売れ残りを求める客で溢れていた。

「あれでは客が泥棒のようなものだ」

月也がため息をついた。

「そうですね。それにしてもいろいろな事件が起こりますね」

「そうだな」

それから月也は軽く咳払いをした。

「そういう事件を解決するのがお役目だからな。今後も一緒にやりたいものだ」

「もちろんです」

「そのうち親子三人でやりたいな」

「三人？」

思わず言うと、月也が照れた様子で顔をそむけた。

「男の子がいいな」

どうやら、本格的に子供を作るときが来たらしい。

「そうですね。わたしもそう思います」

「もし子供ができたとしても、俺の小者は沙耶だけだがな」

「それはいくらなんでも気が早いですよ」

そう言って笑いながら。

いつか親子同心になるときが来るのだろう、と思ったのだった。

第二話　半襟と半玉

朝顔のふわりとした香りが鼻をくすぐった。梅雨が明けるといよいよ朝顔の季節になる。井戸の周りも朝顔で埋まってくる。

同心にとっては、朝顔は重要な収入源だ。

庭にさまざまな朝顔を植えておいて、商人に売って生計の足しにする。梅雨の間は桔梗《ききよう》である。そして紫陽花《あじさい》。

もちろん売り物ではあるのだが、庭に置いてある鉢植えが、目や鼻を楽しませてくれるのは間違いない。

朝顔は開花の一瞬しか香りがないから、朝顔の香りは育てている者の特権だ。

最近は生活の不安はないが、鉢植えは育てている。沙耶の育てる花は評判が良かったので、惜しまれているのだ。

それに自分としても鉢植えに別れを告げるのはしのびない。花に囲まれた生活というのは季節のめりはりがついていていい。

花を見た後は台所に戻る。

するとそこへ、魚屋のかつがやってきた。桶を担いでいる。かつは音羽町《おとわちょう》の魚屋だ。店を構えているから特別な客以外は行商はしない。

ただ、沙耶に食べさせたいものがあるときは魚を担いでくるのである。

「おはようございます」

沙耶が挨拶すると、かつも頭を下げた。

「今日の鯵《あじ》は別格なんで、朝食べてほしくて持ってきました」

そう言って鯵を差し出す。鯵はすっかりおろされて、刺身になっていた。頭と骨もばらされてちゃんとついている。

「刺身で食べてもいいですが、お茶漬けもいけますよ」

いよいよ本格的に暑くなってくる頃だから、朝食はさっぱりしたものがいい。お茶漬けはいかにもよさそうだった。

「ありがとう。いただくわ」

受け取ると、台所に運ぶことにした。

「それと沙耶さん。ちょっと相談があるんです」

かつが歯切れの悪い声を出した。

かつは魚屋の看板娘だ。いつも男装して気風《きっぷ》のいいしゃべり方をする。男よりも女に人気のある評判の娘だった。

「どうしたの。何でも言ってよ」

「実は、会っていただきたい女の人がいるんです」

「誰？」

「盗賊の引き込みって言うんですかね。とにかく一味の者ですよ」

かつに言われて、沙耶は思わず目を丸くした。

「どういうこと？」

「足抜けしたいんだけど、怖くてできないらしいです」

それが一体どういうわけでかつに相談するのかわからない。とはいえ、相談されたのであれば無下《むげ》にもできないのだろう。

「わかった。どうすればいいの」

「さきさんの店でどうでしょう」

「そうね。そうしましょう」

たしかに鰻屋の山口庄次郎《やまぐちしょうじろう》であれば安全である。

「月也さんに食事を食べさせてから行くのでいい？」

「はい。お待ちしています」

そう言うとかつは去っていった。

「引き込み、か」

沙耶は思わずため息をついた。

盗賊にとっては、店の内部の情報は重要である。内部の様子を調べるためと、当日に裏口の戸を開けるために予《あらかじ》め店に手下をもぐり込ませる。

そして盗賊の手助けをさせる。これが引き込みである。

男よりも女がやるほうが多い。商家はいつでも人手不足だ。口入れ屋から新しい女中を紹介してもらって雇うのはしょっちゅうである。

口入れ屋はちゃんとした身元調査をしてから紹介してくるという触れ込みになっているが、実際はかなりいい加減な状態で人がやってくる。

だからどうしても盗賊の手先が混ざってしまうことがあるのである。

それにしても、足抜けしたいというのはどういうことだろう。もちろん犯罪から足を洗うのはいいことだ。協力するのに問題はない。

家に戻ると、お茶漬けを作ることにした。

といっても単なるお茶漬けでは月也は物足りないだろう。

鯵の頭と骨、それに生姜を加えて出汁《だし》をとる。

そうしておいて茄子を焼く。

焼いた茄子を刻み、細く切った紫蘇《しそ》を散らす。炊きたての飯に鯵を載せ、焼いた茄子を紫蘇ごと並べた。その上から鯵でとった出汁をかける。

最後に醤油をかけまわしてできあがりだ。

辛子を添えて二人分を月也のところに持っていく。

「お。茶漬けか。鯵ではないか。豪勢だな」

月也が嬉しそうに言った。

同心が朝にこれほど新鮮な魚を食べることはあまりない。贅沢だからだ。

「今日はかつさんが直接売りに来られたんです」

「それは良い品ということだな」

言いながら月也が飯を口の中にかき込む。

「たしかにこれは旨い」

月也が顔をほころばせる。

「温かいうちに沙耶も食べるといい」

「はい」

沙耶も口をつける。鰺でとった出汁の茶漬けに鰺の刺身というのはすごく相性がいい。少し火が通った鰺の刺身はなんともいえない美味しさがある。

焼き魚でも煮魚でも刺身でもない、独特な弾力で、口の中で嚙《か》み切るときの食感が気持ちいい。

そしてその時しゅわっとしみてくる鰺の旨みがこたえられない。

鰺ではなく茄子の方に少し辛子をつけて食べると、箸が進みすぎてあっという間に食事が終わってしまう。

「美味しかった」

月也が満足そうに箸を置いた。

「そういえば、さっきかつさんに相談されたのです」

「何をだ」

「盗賊の引き込みから足を洗いたい女の人がいるそうですよ」

「それは感心だな。相談に乗らないわけにはいかないだろう」

「後で事情を聞いてきます」

「わかった。奉行所には俺が報告しよう」

それから月也は、やれやれ、という顔をした。

「良い心に目覚めて足を洗おうと思ったのならいいのだがな」

「他に理由があるのですか」

「あるやもしれん」

月也が微妙にひっかかる言い方をする。

「どうしたのですか？」

「何か企んでいることもありえると思ってな。というのも、最近火盗改めがうるさいのだ。正しくは火盗改めの上、老中がな。とにかく盗賊であればなんでも殺してしまえという勢いなのだ」

「それで盗賊は減ったのですか」

「減らない。もちろんそのせいで今はやらない者もいるだろうがな」

月也が肩をすくめる。

盗賊というのは不思議と減らない。どんなに刑罰を厳しくしても、数が減ったりはしないのである。

沙耶からすると、殺される危険を冒してまで盗みを働きたいのかと不思議に思ってしまう。それなら内職でもして平和に生きていけばいい。

「いずれにしても、足を洗いたいと言うからには盗賊のことを教えてくれるのだろう」

月也が大きくのびをした。

「無駄なことで死んでしまう人間は少ない方がいいからな」

台所に食器を下げると、沙耶は出かけることにした。

音羽町にあるかつの店に行くと、かつは客の応対をしていた。

「あ。沙耶さん」

「来ましたよ」

「すぐに支度します」

奥に引っ込むと、一人の女を連れて出てきた。

歳のころは三十歳というところだろうか。やや疲れた印象がある。何か悩みを抱えている様子がありありと見て取れた。

「初めまして」

沙耶が挨拶をすると、女は頭を下げた。

「初めまして。竹《たけ》と言います」

涼やかな声である。声の印象からすると、気が弱い感じがする。とても盗賊の引き込みをやるような人には見えなかった。

「では行きましょう」

そう言うと、沙耶は深川へと向かったのであった。

深川の鰻屋、山口庄次郎は、朝から行列ができていた。初夏になって体力をつけようとする人々がとにかく鰻を食べるのだ。

鰻を焼く煙があたりに満ちていて、食後だというのに腹がすく。

「あ。沙耶様」

鰻屋の娘のさきが、嬉しそうに近寄ってきた。

「うちで食事ですか」

「そうではないのだけれど、奥の座敷を貸してほしいの」

「もちろん大丈夫ですよ」

さきがすぐに奥の部屋に通してくれた。

かつと三人で中に入る。

さきがお茶を持ってきた。

「事情を話していただいてもいいですか」

竹はいかにも緊張しているという様子だった。それはそうだろう。これから盗賊を抜けるという相談をするのに、緊張しないわけがない。

固くならなくてもいい、と声をかけたいが、あまり意味がない言葉かもしれない。

「大きな決断をしたのですね」

固くなっても事情を話してもらえばいいだろうと思う。

「はい」

竹は小さく頷いた。

「何かあったのですか」

「子供が十歳になりました。女の子なんですけどね。夫は娘にも将来引き込みをやらせるつもりなのです」

なるほど、と沙耶は思う。自分の娘もずっと盗賊の仲間として歩んで行くのが嫌になったということか。

盗賊も世襲のようなところがあって、捕まらなければ親も子も盗賊として過ごしていくことが多いという。

竹はその流れを断ち切りたいのだろう。

「しかし、それでは旦那さんは死罪になってしまうかもしれませんよ」

「それもいやなのです」

「旦那さんのお名前を聞かせてもらってもいいですか」

「満月の弥五郎《やごろう》です」

「それはなかなか大物ですね」

満月の弥五郎といえば、年に一回大きな盗みを働く盗賊だ。盗みに入る時は必ず満月だから、満月の弥五郎なのである。

ただし、今まで誰も殺したことはない。

「そもそも弥五郎さんが足を洗うということはないのですか」

「主人は盗賊というものに誇りを持っているのです。たしかに裏稼業かもしれないが、きちんとした職人なんだということです」

その通り、満月一味は鮮やかな手口で盗んでいる。

盗賊に入られたという理由で潰れた店もない。

「満月の仲間は何人いるの」

「十五人です」

竹が答える。

十五人というのは、盗賊としては多くも少なくもない数である。

「一度にどれくらい盗むのでしょう」

「一人五十両です」

「それは微妙な金額ね」

もちろん大金である。月也の年収の五倍だ。といっても貧乏同心の収入との比較だ。贅沢をする人間なら一晩で使ってしまう金額でもある。

「こう言ってはなんだけど、それだけしか盗まないのであれば、年に一回盗むのでは足りないんじゃないかしら」

「そうです。それだけでは足りません」

「ではどうしているの？」

「うちの一味は盗みは年に一回と決まっているので、それ以外の時は他の所で盗みを働いたり、堅気の生活を送ったりしています」

「年に一回みんなで盗むということね」

「そうなんです」

一人五十両とは分け隔てのない金額だ。真面目というか地道というか、むしろ良い人柄のような気さえする。

そうは言ってもその金額では確実に首が飛ぶ。

「いっそのこと、皆が足を洗うようにはできないの？　これ以上盗まないというのであれば、捕まることもないと思うのだけれど」

「もちろんそれは思いましたが、話にもなりません」

竹が悲しそうに言う。何度も説得を試みて失敗しているのだろう。

「娘が、盗みを当たり前だと思うようになっていくのです。親として、娘が心まで盗賊になるのを見過ごすことが苦しいのです」

子供は親の背中を見て育つから、親が盗賊なら子供も当然盗賊を当たり前だと思うようになるだろう。

「わかりました。でも満月の一味を捕まえてしまえばいいというわけではないですよね」

「江戸から逃げることで済まないでしょうか」

「あんた、わがままじゃないの」

かつが口をはさんだ。

「沙耶さんは神や仏じゃないんだからさ。そうなんでもかんでも都合よくお願いできるわけがないだろう」

かつは腹を立てたようだ。

たしかに竹の言うことはわがままである。しかしそれが本音だというのもよくわかった。

誰だって夫に死んでほしいわけはないし、子供が道を踏み外すのもいやに決まっているからだ。

「何か良い方法を考えましょう」

沙耶が答える。

「こんなわがままに付き合うんですか。紹介しておいて言うのもなんですが、甘え過ぎじゃないですか」

「人に甘えるのが悪いわけではないでしょう。みんな誰かに甘えて生きてるのではないかとわたしは思います」

それから沙耶はあらためて竹に聞いた。

「それで、どこが襲われるのですか」

「それはなかなか難問を持ってきたな。紅藤」

南町奉行筒井政憲は、笑いを噛み殺した声を出した。

「申し訳ありません」

月也が平伏する。

「盗賊が減るのであればよしとすべきでしょうか」

内与力の伊藤が、のんびりとした声を出す。

「女房殿に頼めば盗賊から足抜けができる、という噂でも立てば、案外盗賊の相談所のようになるやもしれぬな」

筒井が面白そうに言った。

「まさかそのようなことはないでしょう」

月也は答える。そもそも盗賊が同心に相談してくるということがおかしいのだ。

「そうとも言えないぞ、紅藤。盗賊が誰も彼も好きでやっているわけではないだろう。他に選ぶ道がないからやっている者もあるはずだ。かといって、一度道を踏み外してしまうと簡単には戻れないからな。奉行所に相談をすれば死罪になってしまうのだし」

「そうですな。我々は片っ端から殺してしまいますからね。死なずに相談ができる場所があるなら、それに越したことはないでしょう」

どうやら、二人は乗り気らしい。

月也としてもそれは嬉しい。盗賊を捕まえて殺したいわけではない。反省して善人になってくれるならそれでいいのである。

「それにしても、どのようにすれば解決するのでしょうか」

「こちらも考えるが、そちらも考えてみるとよい」

伊藤が言う。

「しかし半襟《はんえり》屋か。たしかに評判の店なら儲かってはいるだろう」

竹が襲うと言ったのは、浅草《あさくさ》にある長嶋《ながしま》屋という半襟屋である。半襟はもともとは襦袢《じゅばん》を汚れから守るものだったが、今ではすっかりお洒落の小道具になっている。

女性たちは様々な刺繍《ししゅう》をした半襟で華やかさを競うのだ。

その中でも浅草の長嶋屋といえば、頭一つ抜きん出た売り上げを誇っていた。少々金が盗まれたとしても身代《しんだい》が傾くことはないだろう。

「女房殿と相談して方針が決まったら、あらためて報告に来るといい」

「かしこまりました」

月也は頭を下げ、奉行の部屋から出た。

筒井は月也を見送ると、伊藤に声をかけた。

「紅藤は面白い事件に出くわすな」

「左様でございますな」

伊藤も頷く。

「それにしても、盗賊が同心に相談とはな。あの夫婦がいかに庶民に好かれているのかがよくわかる」

「盗賊といえども庶民というわけですね」

伊藤がにやりとする。

「もちろんそうだ。処罰するだけが奉行ではないだろう。もちろん押し込むたびに血を流すような連中は殺すしかないが、改心の余地がある者は何とかしたいものだ」

「皆が豊かになればそもそも盗賊もいなくなるでしょう」

伊藤に言われて、筒井は頷く。

「しかし、皆が豊かになるほど難しいことはない。そもそも大多数の人間は貧しいのだからな。貧しさの中にも幸せを見つけられるのか、それとも不幸になるのかで道が分かれるのではないかな」

今日食べるものがあって、着るものもある。それで十分幸せだと思う人間もいれば、贅沢をしなければやっていられないという人間もいる。

どちらが良い悪いということではないだろうが、贅沢をしたいのに金が無いということになれば悪に手を染める者も出るだろう。

いずれにしても、盗賊になってもやりなおす方法があるという考えを盗賊が持ってくれるなら、それに越したことはない。

そこは沙耶がうまくやってくれそうな気がする。

女が捜査に関わらないというのはやはりおかしなことなのだ。この世の半分は女で、しかも犯罪の被害者という意味では女の方が多いのだ。取り締まる側にも女がいてしかるべきなのである。

それにしても、と、筒井はあらためて思った。

どうやって決着したものなのだろう。

雷門《かみなりもん》を入るとあたりは人でごった返していた。深川の富岡八幡宮《とみおかはちまんぐう》もいつも混んでいるが、浅草寺《せんそうじ》の仲見世《なかみせ》は一味違う混み具合である。

一体どこからこんなに人が湧きだしてくるのかと疑問に思う。

「人の波に呑まれてしまいそうです」

思わず月也に声をかける。

月也は黙って沙耶の右手を握ってきた。はぐれないための配慮である。

嬉しくなって思わず握り返した。

最近は月也と離れ、音吉たちと事件を解決するために行動することも多かった。こうやっていかにも夫婦という様子で歩くのは楽しいことだった。

どうせなら柳屋《やなぎや》で楊枝《ようじ》を買おうかと思う。柳屋というのは浅草寺の境内で有名な店である。楊枝を削る名人がいるらしく質が高いという。

「あれが長嶋屋か」

月也が前のほうを指さした。

たしかに看板が見える。店の前には人だかりがあった。近寄ってみて人だかりが出来るのに納得する。

長嶋屋は、店頭に様々な半襟を展示して売っていた。天井からも半襟がぶら下がっていて、店の中はいかにも華やかである。

たとえ買わなかったとしても眺めているだけで楽しくなる。

「少し入ってもいいですか」

沙耶が言うと、月也が黙って頷く。

中に入ると、大人用の半襟はもちろん、子供用の半襟も数多く並んでいる。地味なものから派手なものまで何でも揃うという印象だ。

音吉や牡丹にお土産を買うのもいいかもしれない。自分には何がいいだろう。

「わたしにはどのようなものがいいでしょうね」

沙耶はつい月也に訊いた。といっても、月也から答えは返ってこないだろうと思う。女の着物のことにはからきしだからだ。

「沙耶は水浅葱《みずあさぎ》などがいいのではないか」

意外にも月也が言った。

「色のことをおっしゃるのは珍しいですね」

思わず口にする。

「全くわからなかったのだがな。陰間茶屋にいるときに少し仕込まれたのだ」

月也が照れくさそうに言った。

たしかに陰間茶屋のようなところは、着るものにうるさい。そのおかげで少しは考えるようになったらしい。

水浅葱は、水色よりは濃いが浅葱色より少し薄い。

強すぎもせず弱すぎもしない色だ。それでいて印象が薄いわけではない。

「ではそれを買います」

牡丹には、白地に牡丹をあしらったものを買うことにする。

問題は音吉たちだ。芸者は半襟にもいろいろと決めごとがある。おりんやおたまは半玉《はんぎょく》だから地は赤いものをつけるのがしきたりだ。

音吉も深川芸者だから白い半襟はつけられない。白は吉原芸者だけが身につけられる色なのである。

音吉には深川鼠《ねず》の半襟を買うことにした。おたまには、赤い地に風鈴をあしらったもの。おりんにはやはり赤い地に金魚をあしらったものにする。

手に取っていると、店の中に竹が居るのが見えた。熱心に客の相手をしている。

そのわきに十歳くらいの少女がいた。

二人とも少々派手な模様入りの半襟をしている。竹のは黒地に銀糸で桜を描いてある。少女の方は赤地に金糸で蝶《ちょう》を描いたものだった。

実際につけているところを見ると、欲しくなるものだ。少女はぱっと見派手な美少女である。

客たちが少女の半襟を指さして何やら質問している。自分の娘に買って帰ろうと思っているのだろう。

働いている人間も装飾品も、全てが店の商品の宣伝のために使われている。沙耶にしてもつい買物心を刺激されてしまう。

これだけ流行っているなら盗みに入りたくなるかもしれない。といっても、これだけ賑わっている場所に盗賊に入るのはなかなか難しそうだ。

十五人もの人間がやってきたら目立ってしかたがないような気がする。竹は沙耶に気付いたようだが、その気配は見せなかった。今日のところは単なる客として過ごしてほしいということだろう。

店から出ると、少し人混みがましになった。

「すごく混んでましたね」

沙耶が言うと、月也も頷いた。

「しかし、境内の中の店にどうやって盗みに入るのだろう」

月也も同じ疑問を感じたようだった。

「それはあとで訊いてみましょう」

盗賊の一味である竹から手の内を訊けるのだから、それに越したことはない。

「ところで船橋屋《ふなばしや》に行きませんか」

沙耶は言った。船橋屋というのは汁粉《しるこ》で有名な店だ。さらに飯などもあるから、仲見世に来るなら寄っておきたい店だった。

「物見遊山《ものみゆさん》ではないのだぞ」

月也が笑うが、反対するつもりもないらしい。

「今日は夫婦らしくしましょう」

「それもいいな」

言いながら、手はしっかり握ってくれている。月也の手は温かくて好きだ。

船橋屋につくと、店の中はやはりごった返していた。

羊羹《ようかん》と汁粉が名物だが、茶飯なども出す。持ち帰りの客も多いが、店の中で食事をする客も相当いた。

「同じようなことを考えるのだな」

月也がため息をついた。

どうせなら船橋屋、と皆が思うのだろう。

穴場を探そうにも、浅草寺の境内には混んでいる店しかない。

「一度出るか。いくらなんでも混みすぎているだろう」

「そうですね」

月也と入りたかったが、一刻も待つようなことがあったら時間の無駄だ。

境内を出て広小路《ひろこうじ》を渡る。東仲町《ひがしなかまち》まで来ると人の流れも少し落ち着いた。

「お。ここにしよう」

月也が一軒の店の前に立ち止まった。「橋本萬五郎《はしもとまんごろう》」という店のようだ。看板には「目川菜飯《めがわなめし》」とあった。「草津《くさつ》名物」とも書いてある。

「これは草津の方のお料理なんでしょうか」

「書いてあるからそうなのだろう。入ってみよう」

店の中はそれなりに混んではいたが、席がないわけではない。二人分の場所を見つけると向かい合わせに座る。すぐに店の人間が気付いた。わりとふっくらとした男が注文を取りにやってくる。

「菜飯を二つ」

「田楽《でんがく》は？」

「それもくれ」

「わかりました」

男は注文を取るとすぐに下がった。

「境内よりも大分すいてますね」

沙耶が言うと、月也がしゃべるな、というように沙耶の唇の前に手を出した。

月也の目線の先を追うと、四人の男が菜飯を食べている。

柿色の無地の着物であった。そういう着物を見ると怪しい、と思ってしまう。

柿色は闇の中に溶け込んで目立たなくなる。泥棒するような人間が好んで着る色なのである。

草鞋《わらじ》を履いていて、足音もあまり立たないようになっていた。彼らが盗賊だとは限らないが、とても堅気には見えない。

何か聞こえるかと思って耳を澄ませる。だが、いまひとつ聞こえない。

「お待ちどおさま」

菜飯が運ばれてきた。

薄い塩味で炊いた飯に、大根や蕪《かぶ》などの葉を刻んで混ぜてあるようだ。添えてあるのは豆腐とこんにゃくの田楽であった。

「美味しそうですね」

店の中では会話の内容までは聞こえないだろう。怪しまれないために、とにかく食べてしまうのがよさそうだ。

大根の葉はしっかりと塩で揉んである。飯を食べているときに気持ちのいい塩味が与えられる感じだ。

田楽の味噌は赤味噌で塩けが強い。豆腐や大根にこくのある味噌味で、とても飯に合う。

「これは酒が欲しくなる味だな」

月也が言う。そうして、男たちに目を向けた。

男たちは誰も酒を飲んでいない。食べているだけである。何か大切な用事でもあるのではないかと思われた。

しばらくして、男たちが一斉《いっせい》に立ち上がる。

月也と沙耶も席を立った。店の外に出ると、男たちは浅草寺に向かっていく。自然とあとをつける形になった。

すぐに男たちは見えなくなった。この人混みだからしかたがない。

もしあの男たちが竹の仲間なのだとしたら、母親としては心配かもしれない。もし親分の弥五郎ができた男だとしても、末端の者までできた人間なわけではないだろう。

子供の頃からなんとなく悪人と付き合っていたら、悪事が当たり前だと思うようになる。

母親としてそれを防ぎたいというのはよくわかる。

やはり何をおいても一度弥五郎と対面するしかないだろう。

「長嶋屋に行きましょう」

沙耶は月也に声をかける。

もし竹の仲間であるなら、長嶋屋に向かうはずだ。

しばらくして長嶋屋につくと、思ったとおり男たちがいる。店のまわりをうろうろして様子を見ている風情《ふぜい》だ。

「随分と柄の悪い連中なんだな」

月也が納得いかないような声を出した。

たしかに、誰も殺さないことを標榜《ひょうぼう》している一味とは思えない。男たちの目はなんだかギラギラしていて、まるで人殺しのような目だ。

沙耶は思い切って竹に声をかけた。

「今表にいる男たちは仲間なのですか」

竹は仕事の合間をみつつあたりを見回す。

「あれは違いますね。うちの仲間じゃない。でも明らかにこの店を窺ってますね。一体どういうことなんでしょう」

「もしかして別の一味がこの店を狙ってるということはあるのかしら」

「繁盛してる店だから、ありえないとは言えないでしょう。でも、あいつらはやばいですよ。多分人を殺してます」

「わかるの？」

「盗賊ですからね」

竹が言う。

もしそうだとすると一大事である。長嶋屋の人たちが殺されかねない。

そこまで考えて、沙耶はふと思いついた。

「満月の一味に捕り物を手伝ってもらえないかしら」

「どういうことですか」

「奉行所の味方になってもらいたいのよ。そしたら誰も傷つかないわ。むしろ凶悪な盗賊を捕まえて、みんなのためになるじゃない」

「わたしたちは盗賊なんですよ」

「それを言うなら、岡っ引きなんかみんな盗賊みたいなものだわ」

沙耶に言われて、竹は少し考え込んだ。

「いい考えかもしれませんね」

「問題はあの男たちがいつ頃押し込むかね。引き込みはいるのかしら」

「わかりませんね。でもいるかもしれない。疑ったことがないからそういう目で見なかったんですけど、疑ってみます。まさか自分以外に盗賊の引き込みがいるかもしれないなんて、考えたことなかった」

「調べたらわかるの？」

「わかるかもしれません。引き込みはまめに掃除をしますから。家の隅々まで綺麗にするんです」

「そうなのね」

「そうやって、家の中で知らない場所はないようにするんですよ。だから引き込みというのは店での評判がいいんです」

評判の良い女中の方が盗賊の可能性があるというのは、皮肉なものだ。

「とにかく、旦那さんに話をしてみて」

「わかりました。やってみます」

竹が頷いた。

「わたしはやることがあるから。明日また会いましょう」

そうして、沙耶と月也は浅草をあとにしたのだった。

「どうやら危ない連中みたいですね」

沙耶が言うと、月也も頷いた。

「あいつらの顔は見たことがあるな。人相書きが出回っていた気がする」

「ではそちらの方も調べてみてください。わたしはかつさんの方に回ります」

月也が奉行所に戻っている間に、さやはかつの店に向かった。

かつは店じまいの準備をしているところだった。魚は鮮度が命だから普通の店よりも店じまいがやや早い。

余った魚で、お得意様にかぎって行商に回るのだ。

「こんにちは」

かつに声をかける。

「あ。ちょうどよかった。沙耶さんの家まで行こうと思ってたんですよ」

そう言うと、かつは丼の中にある鰯《いわし》を沙耶に見せた。

「今日は鰯のいいのが入ったんです。タレに漬け込んであるから、このまま食べられますよ」

「手間がかかったでしょう。ありがとう」

「夏の鰯は傷みやすいですからね」

そう言って笑ってから、かつは声をひそめた。

「あっちの方はどうですか」

「それが、思わぬことが起こったのよ」

沙耶は軽く事情を話した。

「別の盗賊に狙われてるということですか」

「そうなの。それで、竹さんと手を組んでそいつらを捕まえようと思うのよ」

「みんなでやっちゃいましょう」

かつが身を乗り出した。どうやら自分も捕り物に参加するつもりらしい。

「相手は凶暴な盗賊なのよ」

「こっちだって凶暴な魚屋です」

かつは腕を叩いた。

たしかに魚屋は女であっても立ち回りが多い。喧嘩《けんか》っ早い連中が多いから、なにかというと天秤棒《てんびんぼう》を振り回すことになるのである。

「それにしても、どうやって盗みに入るのかしら。浅草寺の境内なんて」

一番の疑問を沙耶は口にした。

なんといっても寺である。雷門を閉められてしまえばおしまいだ。つまり盗賊は閉門前から境内に入り、犯行までの間を浅草寺の中で過ごさなければいけない。いくら初夏とはいっても夜は冷える。どこかひそむ場所にあたりをつけているのかもしれなかった。

そこは満月一味も同じだろう。

浅草寺の境内には寺だけでなく、中には長屋などもあり、そのような民家は町奉行の支配下にある。寺の建物だけが寺社奉行の支配になっていた。

「今回は大きな捕り物になるかもしれないわね」

「いいですね」

かつはもうお祭り気分である。

でも、たしかにみんなで捕り物にするのがいいかもしれない。相手の人数が多いなら、大騒ぎしたほうがいいだろう。

「あとで月也さんに相談してみるわね」

そう言うと、ふと鰯に目を落とし、今日のおかずも美味しそうだと思ったのだった。


「これか」

例繰方《れいくりかた》の木戸《きど》伴一郎《ばんいちろう》が、一枚の人相書きを取り出した。

「それでございます」

月也が頷いた。

「間違いないか」

「はい。この黒子《ほくろ》が特徴です」

「それはなかなか大変な盗賊を引き当てたな」

木戸が渋い顔をする。

「どういうことですか」

「こいつは蝮《まむし》の三吉《さんきち》といって、『うわばみ』という盗賊の一味の頭領だ。盗みに入った店の人間を全部殺して財産も呑み込むから、うわばみという名前がついたらしい」

「全部殺すなら、どうやってこの人相書きが作れたのですか」

「たまたま気付かれず生き残った者がいたのだ。しかしそれでもな。十件やられてこの一枚だけという有様よ」

「すると本来火盗改めの領分でしょうか」

「風烈廻りの領分だ」

木戸が苦々しい顔になる。

「そうでしたな」

月也は答えたが、そこまで凶悪なら火盗改めの出番に思える。とはいっても、満月の一味がこちらにつくなら、なんとかなるかもしれない。

「すこし待たれよ」

木戸は席を立って、しばらくして戻ってきた。

「お奉行様がお呼びだ」

言われるままに筒井の部屋に行くと、伊藤と二人で待っていた。

「うわばみの手がかりを摑んだそうだな」

「どうもそのようでございます」

「でかした。よいか。必ず捕らえろ。誰も逃してはならん」

「はっ」

「満月の一味の罪は帳消しで構わん。それほどうわばみというのは質の悪い盗賊なのだ。奉行所は動かない。調べている気配を察すれば逃げてしまうからな。お前たちと満月でやるのだ。伊藤はつけてやる」

「ははっ」

月也は頭を下げた。

どうやら大捕り物になった、と緊張が走る。

しかしやりがいもある。本当の悪党を退治することになりそうだった。

「ただいま」

月也が帰ってきた。声が弾んでいる。どうやら奉行所で満足する結果を得ることができたようだ。

「お帰りなさい」

出迎えると、いかにも嬉しそうな様子だ。

「満月の一味は助かりそうだぞ」

「本当ですか？　それはよかったです。でも、盗みの方はどうなのですか」

「それか。そっちは大変だ。あいつはな、うわばみという盗賊の頭領らしい。何もかも呑み込んでいってしまうからうわばみというあだ名が付いたそうだ」

「そうすると店の人もみんな殺してしまうんですね」

「そうだ。だから証拠が残っていない。たまたま生き残った人の話から人相書きを作ったのだが、それも顔や手足の特徴が一部だけ描かれているものだ」

「それでよくわかりましたね」

「鼻のわきに黒子《ほくろ》があってな。それでわかったのだ」

そういえば連中の一人はそんな顔だった、と沙耶も思い当たる。

「そうだとすると、親分自らが見に来たということですか」

「用心深い奴なら、必ず自分で見るだろう」

「でも、かつさんが捕り物に参加すると言っていたのですが、それだと危ないですかね」

「いや。人数は多いほうがいいだろう」

月也が言う。

「それに相手が武器を持っていても、きちんと準備していれば、皆を守りつつ対処できるのではないか」

たしかにそうだ。もし相手が刀を持っていたとしても、梯子《はしご》や畳を十分な数用意しておけば、取り押さえる際の危険を防げるかもしれなかった。

修業した武士が槍《やり》や刀を持ってくるならともかく、盗賊のドスくらいなら梯子に勝つことはできないだろう。

「とりあえず少し酒を飲む」

「はい」

沙耶はすぐに用意した。

かつからもらった鰯は、醬油と唐辛子、胡麻油《ごまあぶら》、そしてみりんで漬け込んであった。骨もすっかりとってあって、箸をつければいいだけである。

かつの鰯があるからあとは楽だ。豆腐で味噌汁を作るのと、胡瓜の漬物を用意すればいい。

最近の月也は、胡瓜に薬研堀《やげんぼり》をたっぷりとかけた上に、さらに辛子を使う。

準備すると嬉しそうに顔をほころばせた。

「これこれ。胡瓜はこうすると旨いのだ」

「辛すぎませんか」

「薬研堀の辛さと辛子の辛さは違うからな。両方混ぜ合わせると、何と言っていいかわからないぐらい美味なのだ」

沙耶は胡瓜は醬油味がいい。とてもではないが月也のように辛さの盛り合わせのようなことはできない。

とりあえず鰯に箸をつける。

甘さと辛さが絶妙で、体が蕩《とろ》けてしまうような美味しさである。

「これは旨いな」

月也もぱくぱくと食べる。

「それでな。今回は俺と沙耶や満月、あとは町人たちでやる。岡っ引きや同心は来ない」

「なぜですか」

「うわばみにさとられたくないらしい。そのためにも、竹としっかり話し合いをしなければならない」

「そうですね」

満月一味だったらどうやって盗みに入るのか、しっかりと聞いておかなければいけない。

それにしても、一体どうして二つの盗賊一味が同じ店を狙うことになったのだろう。そこに何かの鍵があるのかもしれない。

「しかし、娘のために盗賊から足を洗いたいというのは感心だが、盗賊として育った人間はその後、いったい何をして生きていけばいいのだろうな」

月也がぽつりと言った。

「たしかにそうですね。もう十歳ともなれば、体に染み付いた生活というのはあるでしょう」

「何かいい方法はないだろうか」

「音吉か牡丹に預けるということはできないでしょうか」

おたまもおりんもそろそろ一本立ちする。その後に音吉に面倒を見てもらうというのは、迷惑をかけすぎかもしれないが。

「音吉なら面倒を見てくれるかもしれないな」

「聞いてみます。無理のない範囲でできるのかどうか」

「待て。まずはその娘に会ってからだろうな」

「そうですね」

一体これは、盗賊退治なのだか人生相談なのだか。

そんなことを思いながら、沙耶も酒を一杯飲んだのだった。


翌日。

沙耶と月也は、竹とその娘の町《まち》と会っていた。

北馬道町《きたうまみちちょう》にある正直庵《しょうじきあん》という蕎麦《そば》屋である。

浅草寺界隈は蕎麦屋が多い。江戸の蕎麦屋は、浅草のとある寺内にある庵室、道光《どうこう》庵《あん》の庵主が打った蕎麦の影響を受けている。

だから屋号に庵をつけることが多い。

そういう理由があるだけに、寺のそばの蕎麦屋がまずいというのは許されない。腕が自慢の蕎麦屋が多いのはそのためである。

正直庵は蕎麦屋ではあるが御膳も出す。落ち着いて酒を飲みながら、最後に蕎麦を食べるという客が多い。

酒だけではなくて汁粉も振る舞うから、子供にもいい。

町はきはきした利発そうな娘だった。

沙耶と月也にもしっかりと挨拶をする。

「いい娘ではないか」

月也は感心したような顔をした。

「早く盗賊から足を洗わないとな」

「どうしてですか？」

町が不思議そうに言った。

「どうしてって、盗賊は悪いことだからな」

「どこがですか？」

町が首を傾《かし》げた。

「満月は、誰かにすごく迷惑をかけているわけではないと思います」

「人が真面目に稼いだ金を盗んでは駄目だ」

月也がきっぱりと言う。

「でも、有るところから盗って無いところに与えるのは悪くないでしょう」

町がゆずらない。

どうやら弥五郎は単なる盗賊ではなくて義賊のようだった。そうだとするとたしかに人を助けている側面もある。

こういう時に単純に父親を貶《けな》すと心を閉じてしまうだろう。それに、悪い事だから悪いという理屈では説得できないような気がした。

「この子は父親が大好きですからね」

竹が困ったように言う。

「悪いことではないのに、捕まると死刑になるのはどうしてだと思う?」

沙耶が訊くと、町は言葉に詰まった。

「それはわかりません」

「例えば長嶋屋は、どんな悪いことをしたからお金を取られるの?」

「悪いことはしてないと思います」

「では、お町ちゃんが盗みたいと思ったから盗んでいいの?」

「それは……」

「もし誰かに施しをしたいなら自分で稼いだお金でしないといけないでしょう。盗むというのは他人のお金だからね」

「では、父が間違ってるんですか」

「全部間違ってるかはわからないけど、ある部分が間違ってるわね。このままいくと、お父さんももっと大きな間違いをするかもしれない。それでもいいの？」

「それは嫌です」

町が言う。

「それなら、お父さんが間違いをしないように手伝ってあげないと」

「どうすればいいんですか」

「とりあえずしばらくは何もしなくていいわよ」

沙耶は優しく言うと、竹の方を見た。

「長嶋屋にはどうやって押し入るつもりだったのですか？」

「わたしたちは、浅草寺境内にある菱屋《ひしや》長屋を盗人宿《ぬすびとやど》にしています。そこから出てお金を盗むつもりでした」

「長屋全部が盗人宿なの？」

「そうです」

竹が頷いた。

「それはいい方法だな」

月也が腕を組んだ。たしかにそうだ。長屋にいるのが全部盗賊なら、口裏を合わせるのも簡単だし、盗んだ金を貯めておいても安全である。

盗んだあと半年くらいしてゆるりと出ていけばいい。

取り締まるほうは、犯人は素早く逃げると思っている。まさか盗んでおきながら近所に住んでいるとは予想もしない。

「考えたものだな」

月也が沙耶のほうを見た。

「おそらくうわばみも近くに住んでいるのだろう。しかしわかってしまえば一網打尽《いちもうだじん》は簡単だ。今回はついているな」

「そうですね」

沙耶も同意する。いずれにしても今回は盗む前のことだから、少なくとも満月一味は今回の盗みに関して罪に問われることはないだろう。

「この件が終わったら、お町ちゃんも盗賊以外の道を探さないとね」

沙耶が言うと、町がどうしよう、という顔になる。

「考えたことがありません」

「ゆっくり考えればいいのよ」

「考えればわかるものなんですか？」

沙耶の目をまっすぐ見つめてくる。

その瞳に邪気《じゃき》はない。ただ、戸惑っているように見えた。

「まっとうに生きるのはそんなに難しいことではない」

月也が優しい声を出した。

竹が、少々不愉快そうに言う。

「そうやって生きてきた人からすると簡単なのかもしれません。でも、道を踏み外した人間にとっては難しいことなんです」

「それは、竹が頭がいいからだな」

月也が真顔で言う。

「何言ってるんですか。盗賊ですよ。学もないし、頭も悪いです」

「学があるのと頭がいいのとは違う。よいか。どうしたらまっとうになれるのか、というのはな、なにがまっとうか決めていないから迷うのだ」

「そんなに簡単には決められません」

「幸せになればよいではないか」

「ですからそれが難しいと言ってるんです。人の心がわからないんですか」

竹があきらかに腹を立てている。

月也は無神経ではない。むしろ細やかな部分まで優しい方だ。それなのにあえて空気が読めないようなことを言うからには、何か理由があるのだろう。

「人の心はわからないものだ。自分の心すらきちんとわからないことが多い。道を踏み外したから戻れないというのは他人の心を考えすぎているからではないのか。自分のわがままで幸せを探すことは悪いことではないだろう」

そう言われて竹が黙る。

「娘のためにまっとうになりたいというのは感心だ。ところでお前の言うまっとうというのはどういうことなのだ。盗みをしなければそれでいいのか。そして娘の気持ちはどうなのだ。お前の考えを押し付けるのではないだろうな」

月也が少々厳しい顔を町に向けた。

「お前はどうなのだ。何をすればまっとうなのかを決めていなければ、なりようがないではないか」

「そうですね。月也様はなにが正しいと思いますか」

「よく笑ってよく飯を食うことだな」

月也の言葉に、町は少し意地悪な顔になった。

「では、よく笑ってよくご飯が食べられたら盗賊でもまっとうなのですか」

町の言葉に、月也は大きく頷いた。

「そうだ。心から笑って心から飯が旨ければ、それがお前のまっとうだ。簡単だろう」

それから月也は町の目を覗き込んだ。

「盗賊の他を試してみることだ」

「他ですか？」

「芸者とかな」

月也が笑顔で言う。

「難しそうです」

「盗賊は簡単だからやっていたのか？」

「……どうやっても言い負かされてしまいますね」

町がやや大人びた笑顔で笑った。

「そうですね。何が自分に向いてるかわからないんだから、目の前に機会があったらなんでもやるべきですよね」

「うむ。その通りだ」

月也はすごい。相手をまるで傷つけずに、うまく誘導していく。

「うちの子に芸者なんてできるんですかね」

竹が不安そうに言う。

「この娘は器量がいい。それに利発そうだ。やってみれば案外ものになると思うぞ」

「誰かに弟子入りすればいいのですか？」

町が言う。

「ああ。いい姐御《あねご》を紹介してやるからな」

「ところで、相手は本当にうわばみなんですか」

竹が声をひそめた。

「そうらしいわね」

「だとすると長嶋屋の人間は予め避難させておいた方がいいですね。どんな方法を使ってるのか知らないけど、本当にみんな殺しちまうんですよ」

「どうやってるのかしら」

「人数もわからないんで何とも言えないですけどね。店の人間を全部殺すっていうのは大変な事なんです」

「それはもちろん大変だと思うけど。何か特別なことがあるの？」

「盗みを働くだけなら全部殺す必要はありません。どうせ顔は隠しているんですから、誰かに言ったら殺すとでも言っておけばいいでしょう」

「ではなぜ全部殺すの」

「殺すのが好きだからですよ。殺したいから殺してるんです。そういう連中はもう頭の中がどうかしちゃってるんでね。やり方が違うんですよ」

竹が怒りを隠そうともしないで言う。

昔からの人を殺さない盗賊と、人を殺して金を奪う盗賊の間には確執《かくしつ》があるという話がある。竹の態度からすると、それは本当のことのように思われた。

「わたしたちであれば、金蔵《かねぐら》の所に行って、金を盗んでおしまいです。時間もそんなにかかるものじゃない。しかしですね、例えば十人殺すとなると、それなりの時間がかかる。金を盗んでいる時間よりも人を殺す時間の方が長いんですよ」

「それはそうね」

「引き込みを入れずにやったとするなら、誰がどこで寝ているのかすらわからないことになるから、下手したら金の方を盗めないですよ。両方やるんだったらしっかりとした引き込みが必要です」

「そうだ。調べてもらったんだわね。で、どう？　そういう人はいたのかしら」

「わたしに見える形ではいませんでした」

竹が困った顔をした。

「それなら、これから入ってくるのかしら」

「それか、もっと前からひそんでいるかですね」

「どういうこと？」

「もう手代《てだい》になっているとか、そういう感じで、店の人間になりきって過ごしている人が引き込みかもしれないっていうことです」

「そんなことがあり得るのですか？」

そんなに長く店の人間として過ごしていて、しかも行列ができるような店にいるわけだ。むしろ盗賊から店を守りたくなるのではないだろうか。

「十分ありますね。繁盛してるからこそやってしまおうと思うかもしれません」

「なぜ」

「儲けは皆主人のものですよ。働いてる人間は、給金としてはたいしてもらえるものではありません。全部店の主人の一族にさらわれます」

竹は引き込みの経験上、様々な店を見ている。働く人間としても、店の方に不満があるのだろう。

「盗賊が何を言うかと思われるかもしれませんけどね。店の主人っていうのは、働いている人間の気持ちはあまりわかってはくれないんです」

「でも昔は苦労したのではないの。店の主人も」

「それは自分で店を始めた人のことでしょう。何代も続いていれば、小さい頃から若旦那としてちやほやされた人が主人になるんです。苦労知らずが店を継いで、働いてる人間の気持ちがどれくらいわかりますかね」

それはそうかもしれない。しかしそれと盗賊は話が別だ。それに何年もかけて店の中に踏み込むとなると、人生を賭けるようなものではないか。

「そんな手間をかけてまで盗みたいのね」

「五千両ぐらい盗むつもりでやるんでしょう」

「大金ね」

「そうです。大金です。しかし十人で分けたら五百両。三年もあれば溶けてしまいます。それはまた別の話だとして、問題はどうやって持って帰るかですよ。千両箱なんて簡単に担げるものではないですから」

たしかに小判は重い。「切り餅」一つが二十五両だが、一つでも懐にはずしりとくる。それを二十個も持って歩くのはなかなか難しいだろう。

「つまりどういうこと？」

「なにかしら運ぶ手段を持っているということです」

竹は身を乗り出した。

「わたしが思うに、蕎麦屋の屋台のようなものがあるのではないでしょうか」

「屋台か。それならたしかに運べるかもしれないわね。でも屋台では、五千両は無理じゃないかしら」

馬が引いているならともかく、屋台も大抵は肩に担いで移動する。だから身体にかかってくる負担は同じである。

「大八車《だいはちぐるま》を使うということなの？」

沙耶は竹に問いかけた。

「そういうことになるでしょうね」

大八車には車輪が付いている。だからかなり大きな荷物を運べるが、そんなにたくさん走っているものではない。

何と言っても火事の時には邪魔になるから、そこらの人間が持っているものではないのだ。

夜鷹《よたか》蕎麦にしても屋台ごと肩に担いでの移動だ。

「そんなものを使ったら目立って仕方がないと思うのだけれど。しかも昼間の人混みの中で大八車なんて使えないでしょう」

「そうなんですよ。だから人がいなくなってから移動しても平気な店が必要なんです」

「そうなると蕎麦しかないわね」

「車で移動している蕎麦屋があるならいいんですけどね。そんな店があったらあっという間に噂になるでしょう」

「そうね」

そこがわからなければ、捕まえることもできない。いずれにしても、まだ推測の域を出ないとしか言いようがない。

「今日明日入られるものではないだろうから、用心しながら過ごすしかないですね。まずはあなたがた満月一味の問題を解決しましょう」

そもそも、満月一味が納得して解散するとは限らないのである。

「そちらは本当に盗賊から足を洗うことができるの？」

「腹を決めて夫に問うてみました。以前は洟《はな》も引っかけない様子でしたが、そろそろ潮時かとは思っていたようです。夫だけでなくみんな。だから大丈夫です。ただし、そちらが裏切らないという確信は欲しいですね」

足を洗うつもりでうかうかと行動して、奉行所に裏切られて死罪、では笑えない。

「そうだな。それは考えることにしよう」

月也が頷く。

それから月也はあらためて町を見た。

「どうだ、芸者の姐御に会ってみるか」

町は月也の言葉に晴れやかな顔で頷いたのであった。


翌日。

沙耶は音吉の家で、長火鉢の前に座っていた。

「盗賊の娘ってのは、なかなかすごいのと知り合うね」

音吉が楽しそうに笑った。

「ごめんなさい」

「十歳か。いいだろう。あたしが面倒見ようじゃないか」

音吉があっさりと言う。

「いいのですか?」

「沙耶の頼みというのもあるけどさ。そろそろ新しい娘を探さなければいけない時に来てるからね」

そう言ってから、音吉は少し考え込んだ。

「一度会ってみないとなんとも言えないけどね。そんなに問題はないだろう。ちゃんとした盗賊だってなら安心だね」

「そうなのですか？」

「そうだよ。問題なのはこそ泥の方なんだ。手癖が悪いって言うかさ、目の前にあるものを何でも持って行っちまう奴は使えない。でもさ。手順を踏んで千両持っていこうなんて奴はさ。目の前の小物を盗んだりはしないものなんだ」

それはそうかもしれない。同じ盗みといっても全く種類が違う。

「むしろ盗賊の娘ぐらいの方がいいかもしれないね。芸者をあげて遊ぶ連中の中には盗賊よりも質の悪い男だってたくさんいるからさ」

音吉がにやりとした。

「悪い男の懐に手を突っ込んで金をもぎ取る仕事と言えなくもないからね。盗賊から転向するのも悪くない」

「なるほど。そう考えることもできますね」

「それよりも、長嶋屋が皆殺しになったりしないようによろしく頼むよ。あそこの半襟にはだいぶ世話になってるからね」

「はい。そこは店の人にも話をしようと思います」

「それにしても、沙耶はたいしたものだね」

不意に音吉が言う。

「なんですか」

「名うての盗賊をさ、あっさり解散させるなんてそうはできないよ」

「わたしがやったわけではないです。あちらの希望ですよ」

「そうかもしれないけど、本当にやれる人間は少ないさ」

そうして、音吉は火鉢の上で酒を温めはじめた。

「でも少し楽しみだね。十歳ってのは」

「本当に迷惑ではないですか？」

「ないない。人間なんて縁だからね。気にすることはないさ」

音吉がそう言っている以上はそれでいい。しつこく謝ってもかえって鬱陶しいだけだ。

それよりもきちんと盗賊を捕まえるべきだ。まずは、長嶋屋がうわばみに目をつけられていることをしっかり確認しなければならない。

「今日も長嶋屋に行くのかい」

「はい」

「じゃ、あたしも行く」

音吉が言う。

「自分の目でたしかめたいからね」

そういうと音吉はさっさと支度をした。

深川から浅草寺に行く途中も、なんとなくあたりを見回してしまう。どうやって金を運ぶのかが気になるからだ。

「盗賊が気になるんだね」

「それはなりますよ」

「でも、五千両となるとあたしよりも重いからね。たしかに簡単には運べないね」

舟でも使えば別だが、浅草寺の中なのだからそれもない。

だからこそ、仲見世は警戒がゆるいのかもしれない。盗んだとしても逃げる手段がないのであれば、盗まないだろうという考えだ。

浅草寺に近づくと、一気に人が増えてくる。

「こんなに人が多いのに、かりん糖売りがいないのはなんだか寂しいね」

音吉が言う。

「たしかに深川ならかりん糖売りだらけですものね」

そこは土地柄というものだろう。

歩いていると黒塗りの駕籠が目についた。一軒の商家の前に止まる。中から医者が出てきた。

「あれ。先生だ」

音吉が言う。

「先生？」

「うん。たまに座敷に呼んでくれる医者だね。こんなところでも診察するんだね」

「いいお医者さんなんですね」

「まあ。乗物《のりもの》医者だからね。評判はいいだろう」

医者には様々な種類がいる。武家を診《み》る医者と町人を診る医者でまず違う。その上で駕籠に乗る乗物医者と歩いて回る徒《かち》医者に分かれる。

医者は試験があるわけではないから、名乗ればすぐなれる。それだけにうかつな医者にひっかかると死んでしまうということで、評判が大切だった。

「医者ってのはなんだかわからないけど儲かるのさ。どんな人間でも病気をしないってことはないからね」

「そうですね」

仲見世の中に入ると、長嶋屋は今日も混んでいた。

竹も町も忙しそうに働いている。

店の中を見るかぎり怪しい気配はどこにもない。満月の一味が諦めたらなにごともないような気配である。

「なんだか欲しいものがたくさんあるね」

音吉が嬉しそうに言った。

「ここはいい店ですからね」

「こういう店は番頭か手代がしっかりしてるんだよ。いいね。座敷に呼んでくれたりしないのかね」

音吉が商売っけを含んだ声を出す。

「儲かってるでしょうからね」

言いながら、ふと、帳場の方に目をやった。帳場には男が一人座っている。四十歳ぐらいだろうか。おそらくは番頭だろう。

その他に三人の男が立って働いていた。

いかにも忙しそうにしている。一人ではとても会計が間に合わない。男たちはとにかく目が回るほど忙しいようだ。

「狙われてるのは本当なんでしょうかね」

つい口に出す。

「どうだろうね。繁盛してるのは間違いないけどね。引き込みってやつが入り込んでいるというのが本当なら、大したもんだ」

音吉が肩をすくめた。

「なんかぱぱっとわかる方法がないんですかね」

「引き込みを判別する方法かい？」

「はい」

「ないだろうよ。でもどうだろう。あるのかな」

音吉が考え込む。

「判別法じゃないけどさ。目立たない奴か、逆にすごく目立つ奴だろうね」

「どういうことですか」

「こいつが手引きしてるなんて想像もつかない奴がいいんだろう。だから、いるんだかいないんだかわからない奴か、反対に、店の中心なんだからこいつだけはやるはずがないって奴のどっちかだろうね」

それはその通りだろう。帳場を見るかぎり四人とも影が薄いにようには見えない。

竹に訊いてみた方がいいに違いなかった。

店の休憩のときを見計らって、町を連れ出す。食事がてらということであっさりと許してもらえた。

「結構簡単に休めるのね」

「うちは休みの時間は長いですよ」

町が言う。

「そうなの？」

「疲れてる体で何かすると転んでしまうから良くないそうです」

「転んで？」

「そうみたいですよ」

対応が雑になると言うならわかるが、疲れると転ぶというのは不思議な言い回しだ。たしかに子供はよく転ぶが、そういう注意をするものなのだろうか。

「誰に言われたの」

「清吉《せいきち》さんです」

吉、というからには手代に違いない。商家は名前でだいたいの立ち位置がわかる。丁稚《でっち》から手代に上がることを考えると、八年くらいは奉公しているということになるだろう。引き込みを疑うには無理がある。

やはりなんの手がかりもないか。

そんなことを思いながら正直庵に入る。

「初めまして」

音吉が挨拶した。

それから二人でいろいろと話しはじめる。

沙耶のほうは会話は二人にまかせて、店の中をなんとなく眺めていた。

先日怪しいと思った男たちのうちの一人が、誰かと話をしている。相手の男はしっかりした身分らしい。おそらく医者だろう。割と立派な身なりをしていた。

懐から何かを取り出して先日の男に渡している。薬の包み紙のように見えた。

風邪でも引いたのかもしれないと思う。初夏は案外風邪を引きやすいからだ。子供が急に熱を出して夜中に医者が呼びつけられることも少なくない。

どんな身分であれ風邪は平等である。

そこまで考えて、沙耶はふと思った。

医者の駕籠であれば、夜中に動いていても不思議ではないのではないか。どんな夜中でも乗物医者は歩かない。

そして金持ちであるならば夜中でももちろん医者を呼びつける。ということは医者の駕籠を使えば、金を運ぶことができるだろう。

盗賊だからなんとなく渡世人《とせいにん》のようなものを想像してしまうが、一味の中に身分の高い医者がいるのであれば話は別だ。

狙う先の家の夕食に毒を混ぜるということもできるだろう。

「それだ」

沙耶は思わず呟いた。

「どうしたんだい」

音吉が声をかけてきた。

「なんとなく謎が解けました。月也さんと会ってきます。あとはよろしくお願いします」

沙耶はそう言うと立ち上がった。

もしかしたらあまり時間は残されていないかもしれない。

そうして。

沙耶は自分の想像を月也に話したのだった。

「医者だと」

奉行の筒井が言った。

「はい。沙耶が言うには、医者の駕籠で金を運ぶのではないかということです」

「なるほど」

伊藤が頷いた。

「たしかに大人一人分くらいの重さで五千両ですな」

「盗賊の一味に医者か」

筒井が唸る。

「それは考えなかった」

「しかし医者が簡単に罪を犯しましょうか」

月也が疑問を呈すると、伊藤が答える。

「医者でも簡単に罪を犯す。それは間違いないぞ、紅藤。ただ、医者の犯罪は大抵は盗賊ではないのだ。そこが盲点だな」

「しかしそれだけに、仲間に引き込めば頼りになる」

筒井はそう言うと月也に目を向けた。

「もし薬を使うとするなら、必ず引き込みがいるだろう。ただし、毒を使うのであれば引き込みは住んでいる人間である必要はない。通いの引き込みがいるやもしれん」

たしかにそうだ、と月也も思う。

引き込みと言うと住んでいるという常識がある。だが、通いの人間が毒を盛ることだってあり得る。

しかも、大した身元調査もされないだろう。

「問題はいつ押し込まれるかです。食事で殺されるのであればあまり猶予《ゆうよ》はないやもしれませんな」

「毒で殺すのか。痺《しび》れさせるだけなのか。どうだろうな、伊藤」

「おそらく毒では殺さないでしょう」

「どうしてだ」

「毒で殺せば調書に残ります。毒の入手先も調べるでしょう。先々のことも考えて死因は外傷にしたいはずです」

「そうだな。だが、今回は気を変えるということもあるだろう。竹という女には用心させるがよい」

それから筒井は月也に声をかけた。

「柿色の服を着ていたというのが本当なら、押し込みは二十七日を越えたあたりであろう。そうだとするともう数日しかない」

「二十七日あたりなんですか」

月也が訊くと、筒井は大きく頷いた。

「柿色というのは夕闇に溶け込むようにできている。だが完全な新月よりも、少しだけ月が出ている方が動きやすい。今月は二十六日が新月ゆえ、その少しあとであろう」

「なるほど」

たしかにそれは納得がいく。

だとすると近日中に押し込みがあるだろう。

「ところで筒井様。満月の弥五郎が会いたいと申しております」

「わしにか?」

「はい。裏切られたくないというのと、江戸を騒がした詫《わ》びをしたいと」

「そうか。会おう」

考えることもなく筒井が言う。

「大丈夫ですか。一応盗賊ですが」

「何の問題があるのだ」

「いえ。ありません」

「とはいえ内々に、がいいだろうな」

筒井が嬉しそうに言う。

「おしのびですな」

伊藤も言う。

「楽しそうですね」

「もちろん楽しいさ。江戸を治めるうえで、頼もしい師ではないか」

それはそうかもしれない。月也は思う。盗賊のことを一番知っているのは盗賊だからだ。

「しかし時間もないゆえな。急げ。今日会えるならそれがよい」

「はい」

月也が頭を下げる。たしかに数日しかないなら時間が惜しい。

「すぐ手配します」

月也が出てくるのを待っている間、沙耶は奉行所の前にいた。

あたりには誰もいない。同心というのは定時に出かけて定時に戻る。時間を無視して仕事をするのは奉行と内与力《うちよりき》くらいである。

だから時間がずれていると門番以外は誰もいないということになる。

月也が出てきた。

どうやらいろといいことがあったらしい。表情でだいたいのことはわかる。

「うまくいったのですね」

「ああ。だが時間がない」

「わかっています」

沙耶はそう言うと、月也に手紙を渡した。

「準備は整っていますよ」

「手回しがいいな」

「時間が惜しいですからね」

そう言いつつ、沙耶も満月の弥五郎には興味がある。名うての盗賊というのはどんな人なのだろう。

「お奉行様に会うときはわたしは同行できません。だからいまから会いませんか？」

竹からは先に会ってほしいと言われていた。向こうとしてもいきなり江戸町奉行に会うのは緊張するらしい。

「いいだろう。浅草か？」

「いえ。もう一組盗賊がいるなら深川のほうがいいでしょう」

じつはもう狭霧《さぎり》の店に行ってもらっていた。あまり顔を見られずに話したいからだ。

月也を連れて狭霧の店に行くと、もう他の人は揃っていた。音吉とおりん、おたま、牡丹に竹である。町は店においてきたらしい。

「こんにちは」

店に入ると、店の中は盛り上がっているようだった。

沙耶を見ると、音吉が声をかけてきた。

「遅かったね。沙耶」

沙耶が思っていたよりもずっと砕けた様子である。まるでみんな知り合いのようだった。

どういうことだろう。と思う。

「初めまして」

弥五郎らしい人物が丁寧《ていねい》に挨拶してきた。

「満月の弥五郎でございます」

言う後ろから音吉が声をかけた。

「こちら浅草田原町《たわらまち》の古着屋の玄徳《げんとく》さんだよ」

「古着屋？」

「はい。表の看板は古着屋でございます」

「それって景気はいいのではないですか？」

「はい。おかげさまで」

弥五郎は笑顔を見せる。

まるで盗賊らしくない。古着屋なのだから当然ともいえるが。義賊だけに正義がにじむのかもしれない。

「儲かっているのに盗賊をするのですか」

「儲かっているからするのです」

「どういうことでしょう」

沙耶には意味がわからない。

「お金がなくて盗みを働くとやりすぎてしまいますからね。金に余裕がある時に盗みを働くから良い盗みができるんですよ」

「盗みにいい盗みなんてないでしょう。たとえ義賊でも」

沙耶は思わず言い返した。少々かちん、と来る。

「盗賊は盗賊ではないですか」

沙耶の言葉に、弥五郎は頭を下げた。

「まったくですね。盗賊は盗賊だ」

悪びれない様子で弥五郎は言った。

「罪悪感はないのですか」

「ないですね。すいませんが」

弥五郎が言い返す。

「どうして」

悪気がないのですか。と言いかけた沙耶を月也が手で制した。

「お前、いい奴だな」

きっぱりと言い切る。

全員の注目が月也に集まった。

「なにか間違っているか？」

月也が胸を張る。

「そんな……、盗賊ですからね。わたくしは」

弥五郎が毒気を抜かれたような声を出した。

「しかし、罪悪感がないのであろう。それは信念があるからだ。盗賊は悪いことかもしれないが、罪悪感がないなりのなにかがあるのだろう。それに」

月也は音吉たちを見回した。

「本当に悪い盗賊なら音吉たちがこうやって笑うわけがない」

その通り、本当に悪い盗賊なら、音吉たちが心を許すとは思えない。

「盗賊には違いないですよ。足を洗う気になってあらためてわかります。いい気になっていました。お縄になっても文句はないです」

「まあまあ。とにかく話をしてみようよ」

音吉に言われて、沙耶と月也は席についた。

「まずは一杯」

音吉が酌をしてくれる。

口をつけると、かなり甘かった。といってもいやな甘さではない。すっきりとした果物の甘さである。

「ぐみの実を砂糖と焼酎でつけたものさ。水で割ってるんだけど美味しいでしょう」

狭霧が自信たっぷりに言う。

たしかに甘くて飲みやすい。

「これは美味いな」

月也がすいっと飲んでしまう。

「強いから気をつけておくれよ。倒れてしまうから」

音吉が注意した。

「それで、どういうわけがあるのでしょう」

「じつは、わたくしどもが儲かりすぎるという問題があるのです」

「盗賊がですか」

「商人としてです」

「どういうことですか」

「商人は物を売ります。そして売るために仕入れをするわけですが、この仕入れ値がめっぽう安いのです。わたくしども古着屋ですと売り値の一割というところでしょうか。それでも古着であればもう着たものだからいいのですが」

それから弥五郎はため息をついた。

「せっかく糸を編んだり染物をしても買いたたかれては生活が楽にならないでしょう。わたくしは生活が楽にならない人々を援助するために、儲かっている商人から盗んでいるのです。もちろん商人の方も不当な利益を得ているわけではないのですが。失っても痛くない程度の金ならいいかと思いまして」

にこにこと笑う顔は「いい顔」で、とても悪事を働く人間のものではない。

「すると、安く買いたたかれている人にお金を渡しているのですか」

「もちろん恵むわけではないですよ。少々高値で取引ができるようにはからっているのです」

たしかに困っている人たちも、盗んだ金をもらうということはできないだろう。つまり、弥五郎はいい商人であることで盗賊としての悪を清算しているのだ。

「しかし、娘を盗賊にしておいて本当によいのか、自分の心に訊いてみろと言われて胸にこたえました。そして竹がわたくしを捕まえる気だったのも驚きましたよ」

「腹が立たなかったのですか？」

何と言っても死罪になってしまうような話である。知らない間に捕まえる話をされていたら腹が立ちそうだ。

「むしろ、そこまで悩ませてしまっていたのかと思って。二人に申し訳ないと思いましたよ」

「なんて立派なんだ」

月也が感動した声を出した。

「とんでもないですよ。さきほどはつい罪悪感がないなどと申しましたが、立派な盗賊なんてものはいません。それがよくわかりました」

弥五郎が頭を下げる。

「今回は、別の盗賊に狙われているかもしれません」

沙耶が言った。

「うわばみですね。これは大物です」

弥五郎が腕を組んだ。

「そいつは悪い奴なのかい」

音吉が言う。

「押し入った先の人を皆殺しにするようです。そのために手がかりがない」

「かなり危ない相手ということです」

竹が不安そうな声を出した。

「たしかに、人殺しが平気な相手だからな」

弥五郎が唸る。

「町だけでもいまのうちに逃がしましょう」

竹が言ったが、弥五郎は首を横に振った。

「それは駄目だ。盗賊というのは気配に敏感だからな。そんなことをして逃げられたら元も子もないだろう」

「娘が大切ではないんですか」

竹がまなじりを吊りあげた。

「娘は大切だ。だが、娘が大切だというだけで罪のない人たちが殺されるのを見逃すわけにいかないだろう。しっかり守る」

弥五郎がきっぱり言った。そこはさすがに親分の貫禄である。

竹は不安を隠そうともせずに月也に目をやった。

「大丈夫だ。必ず守る」

月也が頷いた。

竹も少し落ち着いたらしい。

「よろしくお願いします」

「まあ。いいから飲もうじゃないか」

音吉が声をかける。

「この人たちなら絶対なんとかしてくれるよ」

「ところで長嶋屋は、なにか目をつけられるようなことでもあるのですか」

「仕事柄女の店員が多いですからね。殺してしまうのであれば、抵抗される力が弱い方がいいでしょう。繁盛してるから金もある。どうしたって金蔵に金を貯めておかないわけにはいかないですからね」

「貯めておかないわけにいかないって、どういうことですか」

「金というのは案外保管が大変なのですよ。重いですしね」

たしかにそうだ。十両や二十両ならともかく、何千両とあったら大変だろう。

「半襟なんて、ひとつひとつは安いものです。安いものなら十六文くらいだ。高ければね、それは一分くらいはしますが、一両の半襟はない。そうすると銭がたまる。小銭の保管は大変だから小判にかえて、一ヵ所に集めるのですよ」

「でもそれはどこの商人も一緒でしょう」

「ええ。ただし長嶋屋は現金の商売ですから。いつでも金はある」

たしかに掛け売りと違っていつでも押し込めるのは盗賊にとっていいところだろう。

「そういえば、先日長嶋屋で見た怪しい人がお医者様といるのを見たのです」

「医者？」

弥五郎が興味を示した。

「はい。なにか薬を受け取っていました」

「医者か」

弥五郎が腕を組んだ。

「なにかあるのですか」

「医者もまた、盗賊が隠れ蓑《みの》にしやすい仕事ですからね」

「そうなのですか？」

「医者というのは、看板さえかけてしまえばなれる。長崎《ながさき》で修業したとでも言えばそれですぐ開業できるのです。患者が全然いなかったとしても疑われないし、自分の一味だけが患者ということにしても問題はない。紹介状がなければ診ないといえばいい」

たしかにそれはその通りだ。しかも医者というのは命を扱うから、そんなに疑われたりするものではない。

「そうだとすると、相手には医者がいるということですね」

「そうですね。食事に薬を混ぜてしまえば皆殺しもしやすいでしょう」

「とんでもない奴だな」

月也が怒りをあらわにした。

まったくだ。沙耶も思う。そちらはどう見ても本物の悪党である。

「盗賊の目から見て、どうやったら捕まえられると思いますか」

「そうですね。薬というなら飯炊きが怪しいのですが、長嶋屋の飯炊きは引き込みではないと思います」

「なぜそう思うのですか？」

「飯炊きというのは盗賊からすると引き込みとして送り込みやすいので最初に調べるのです。長嶋屋の飯炊きは長年やっていて、そんな感じではないですね」

「ではどうやって薬を混ぜるのでしょう」

「丁稚の中に引き込みがいると思います」

「でも、丁稚は子供ではないですか」

「そうですよ。だから騙しやすいのです。おそらく、押し込みのときに丁稚も殺してしまうのでしょう」

「ひどいことを考えますね」

「調べればわかると思いますが、うわばみの仕業《しわざ》の場合、逃げている引き込みはいないのではないでしょうか」

「殺すからということですね」

「はい」

「では、どう対応すればよいのでしょう」

「丁稚を調べるしかないのですが、一回調べたらばれますからね。犯人が押し入る日にあたりをつけるしかないでしょう」

「できますか」

「二十七日です」

きっぱりと弥五郎が言う。

「そんなにはっきりとわかるものですか」

「はい」

弥五郎が頷いた。

「なんといっても五月ですからね」

「五月だと二十七日なのですか」

「五月の二十八日が浴衣に衣がえだ。その前日あたりまで半襟屋は大繁盛です。二十七日には店には金が唸ってます」

「まとめた金を仕入れに回したりしますからね。全部かっさらうなら二十七日でしょう」

疑われると思っていないなら、一番金がある時を狙うだろう。

「乗物医者が絡《から》んでいるかもしれません」

「そうであれば簡単です。うちの一味で近所の医者を全部張りますよ。といっても乗物医者となるとせいぜい二軒ってところでしょう。そもそも本物の医者なら、ですけどね」

弥五郎が言う。

「おそらくにせ医者です。乗物医者はそう簡単にはなれませんからね」

たしかに乗物医者ともなると大名なども診察する。いくらなんでも盗賊に加担したりはしないだろう。

「最近駕籠の塗りをやったところを探しましょう。どこかに必ず塗師がいるはずです」

「たしかにそうですね」

「盗みというのは散歩ではありませんから。必ず準備がいります。そして準備のところから足がつくんですよ」

「でも、同心はなかなかそれは摑めません」

沙耶がいうと、弥五郎は声をあげて笑った。

「お役人が事前に気付くことはできませんよ。盗賊だからわかることもあるんです」

それから、弥五郎は両手を畳につけて頭を下げた。

「満月の弥五郎、皆様と手を組んで、必ずうわばみを捕まえてみせます」

「よろしく頼む」

月也が胸を張った。

沙耶としては、とにかく人殺しを避けてみんなが幸せになれればいい。弥五郎を見る限りは信じても良さそうだった。

「では手順のほうをよろしくお願いします」

そう言って、沙耶は手順の話に入った。

とにかく、金を運ぶために駕籠は来るだろう。だが、その段階ではもう長嶋屋の人たちは殺されてしまっている。

「当日、店の人間をまるごとうちの一味に入れ替えましょう」

弥五郎が言う。

「相手もまさか店の人間が全部入れ替わってるとは思わないでしょう。引き込みに関してはうまく味方につけますよ」

「ちょっと待った」

音吉が割り込んだ。

「なんですか」

「長嶋屋は女が多いんだろう。男が店員になりかわるのは無理じゃないか」

「しかし仕方ないでしょう。なるべく暗くします」

「あたしたちがやればいいじゃないか」

音吉が自分を指さした。

「しかしそれは危なすぎます」

「誰がやったって危ないんだろう。やるさ」

音吉は乗り気である。

「どうだい。沙耶」

どうだろう。と考えて、そんなに悪い話ではないとも思える。何といっても沙耶たちは事が起きることを知っているうえ、全員がまとまっているから危険は少ないだろう。

月也と牡丹は盾になってくれそうだ。

そう考えると、店の者を逃がしておくのは悪くない。

「そうですね。わたしもいい考えだと思います。安全な方法を、詳しく教えてください」

「まったくたいした人たちですね」

弥五郎が肩をすくめた。

「では、それでいきましょう」

沙耶は音吉に目をやった。

「とはいえ、危ないですよ」

「こんなことが怖くて芸者なんてやってられないって」


そして。

南町奉行筒井政憲の口添えもあって、準備は内々に進められた。

口入れ屋からの情報で引き込みも割れた。まだ八歳の男の子であった。

引き込みが味方についたことで日付も割れた。予想通り二十七日の夜である。

その夜。

沙耶たちは息をひそめてうわばみを待った。

沙耶、音吉、牡丹、おりん、おたま、かつ、狭霧、竹、町が床に倒れている。

そうして引き込みが戸を開けるのを待った。うわばみは薬によって倒れている人に襲いかかり、刃物で殺すらしい。

月也と弥五郎、伊藤が店内の陰で隠れていた。

伊藤が声をかけた。

「よいか。わたしと紅藤がやる。弥五郎と牡丹はみなの盾になれ」

「わかりました。ところでそれはなんですか」

弥五郎が、伊藤が手に持ったものを眺める。

「すりこぎ棒だ。案ずるな」

「そんなもので戦えるんですかい」

「屋内ではなかなか強い。短い武器の方がよいこともあるのだ」

伊藤が手にしているすりこぎ棒は四寸ほどである。この大きさが屋内で使うのにちょうどいいらしい。月也の方もすりこぎ棒を持っている。

恰好だけ見るとなんだか締まらないが、伊藤の方は不思議と様になっている。

しばらくするとこっそりとうわばみの一味が入ってきた。

倒れている皆を見て、素早く動き出そうとする。

その瞬間。

「御用だ！」

起き上がって沙耶が叫んだ。

「御用だ！」

音吉も叫ぶ。倒れていた人々が全員起き上がって唱和する。

「なんだってんだ」

うわばみたちは一瞬あわてたが、すぐにふてぶてしい様子で刃物を抜いた。短めの匕首《あいくち》である。

沙耶たちのほうに向かってこようとした時、陰から伊藤と月也が飛び出した。

二人は声を出さない。黙ってうわばみたちをひっぱたく。十手を使わないのは、殺さないでおくためだ。

いくら刃がついていなくても鉄の棒で叩けば死ぬかもしれない。だからこそのすりこぎ棒であった。匕首を叩き落とすようなことはせず、肩や首を叩く。手首はよく動くから、あまり動かない首を叩くのである。

剣術で鍛えられているふたりに叩かれると、すりこぎ棒でも倒れてしまう。

あっという間にうわばみの一味は床に伏してしまった。

そこに満月の一味がやってきて、うわばみを全員縛り上げてしまう。

「表の連中も捕まえましたよ」

弥五郎が言った。

「よし。でかした」

伊藤が晴れやかに笑う。

「本当にいいんですか？」

弥五郎が伊藤に訊いた。

「改心したならお前はもう盗賊ではない。ただの古着屋だ」

伊藤はそう言うと、声をたてて笑ったのだった。

エピローグ

「これ、本当に大丈夫なのかしら」

沙耶は思わず呟いた。

「大丈夫。よく似合ってるよ」

音吉が嬉しそうに言った。

「最近の流行りじゃないか」

沙耶が着ているのは浅葱色の涼やかな浴衣《ゆかた》である。その上から男物の黒い羽織を羽織っている。

まさに「女の男装」という装いであった。

「流行りなのですか」

「すっきりした美青年はこれをやるね。だから大柄の女ものの浴衣もよく売れるのさ。泥棒市でも売ってるよ」

「けっこう繁盛してるみたいですね」

「ああ。市村座のいい収入になってるみたいだ。役者の古着に高値をつけてるんだってさ。まさに泥棒だね」

音吉が笑う。

「お茶が入りました」

町がお茶を持ってきた。

音吉の家である。町が住み込みで働くようになって、前よりも少し賑やかになった。

「もうすぐわたしは引っ越します」

おたまが笑顔を見せた。

「寂しくなるわね」

「沙耶様はいつでも遊びに来てください」

「ええ。どちらに引っ越すことになるのかしら」

「隣です」

おたまがあっさりと言った。

「隣」

「ええ。勝尾さんが引っ越しをされるので」

ああ。沙耶は思う。いくら本人に罪はないといっても、隣に住んでいる芸者の家に母親が盗みに入ったのでは、ここでは暮らせないだろう。

そこにおたまが入るというわけだ。

「隣なら寂しいもなにもないではないですか」

沙耶が笑うと、おたまは真面目な顔で首を横に振った。

「すごく寂しいです。いままで同じ屋根の下にいたのです。たとえ隣とはいえ、一人になってしまうんですよ」

そう言われて、納得する。沙耶も突然月也と別居ということになったら、隣の家だったとしても寂しいだろう。

「わたしはどちらのお世話もするつもりです」

町が元気に言う。

「芸者の生活は頑張れそう？」

「はい。ここは楽しいです。ご飯もたくさん食べられますし」

「盗賊って食事はたくさんできないの？」

沙耶は思わず訊いた。町に食事をさせないような両親には見えない。すると音吉が言う。

「ああ。引き込みのために下働きに入るからさ。そうなるとなかなか満足いくまで食べるわけにいかないんだよ。下働きの食事にまでは気を使わない店も多いからね」

下働きはあくまで下働きだから、扱いもぞんざいということなのだろう。住み込みは給金もたいしてない。与えられるのは食事と着るものだけといってもいい。

主人は唸るほど金を持っているのに、働いてる人間は食事だけ。そういう状況が盗賊を海出してるのかもしれない。

皆が周りの幸せを願うような世の中になれば、自然と盗賊も消えるのだろう。

「竹も狭霧の店でうまくやってるよ」

音吉が言う。

なんだかんだで丸くおさまったらしい。

「弥五郎さんは泥棒市ですか」

「ああ。古着屋と盗賊は相性がいいらしいよ。富沢町の古着市も、もともとは盗賊が始めたんだってさ」

「そういえば、三人は離れて暮らすことにしたんですか」

「弥五郎さんと竹は一緒だよ。お町はうちだけど。それは普通じゃないかい」

たしかに働きに出れば住み込みは普通だ。親元で暮らせる娘が少ないわけではないが、多いともいいがたい。

「うまくいったなら何よりです。ではわたしは行きますね」

「顔を見せてくれてありがとう。月也の旦那は？」

「三和土《たたき》よりは表がいいらしいです」

月也は遠慮して外で待っていた。

音吉の家を出ると、月也に声をかける。

「お待たせしました」

「気にするな」

言いながら、月也は沙耶の服を見た。

「なかなか涼しげだな。似合ってる」

「これって本当に男装と言えるんでしょうか」

「大丈夫だろう」

月也がそう言うと左手を差し出した。

手をつなぎ、二人でゆっくりと歩く。

「こうやって歩いていると、なんだか穏やかだな」

月也が言う。

「声は賑やかですけどね」

沙耶は思わず笑った。

何と言っても深川である。かりん糖売りの声がそこらじゅうで響いている。水売りの声もあれば八百屋《やおや》の声もある。

こういった喧噪《けんそう》が穏やかといえばたしかに穏やかだが、むしろ賑やかというほうが正しいような気がした。

「今日はどこを見廻るかな」

のんびりと月也が言う。

「そうですね。事件がありそうなところでしょうか」

「どこだ。それは」

月也が笑う。

「事件を探して蕎麦でも食うか」

「事件とお蕎麦は関係ないでしょう」

「今日は腹が減るのだ」

「しかたありませんね」

蛤町《はまぐりちょう》から門前仲町《もんぜんなかちょう》の方にさしかかると、鰻の焼けるいい匂いがしてきた。深川の人気店、山口庄次郎《やまぐちしょうじろう》から漂う匂いである。

「鰻もいいな」

月也が言う。

「高いですよ。家計に響きます」

沙耶がたしなめた。最近はそれなりに裕福になってきたが、贅沢に慣れてしまうのはあまりいいことではない。

「そうだな。蕎麦にしよう」

店の前を通りかかると看板娘のさきが、目ざとく沙耶を見つけた。

「沙耶様、お昼をどうですか」

沙耶の方に歩み寄ってくる。

「今日はお蕎麦を食べようと思っているの」

沙耶が言うと、さきは嬉しそうに胸を張った。

「ではうちの新しい献立て冷やし鰻蕎麦をどうですか。夏に向けて新しく作ったんですよ。ぜひ食べてください」

「それは美味そうだな」

沙耶よりも先に月也が反応した。

「どうだ」

「月也さんが食べたいならいいですよ」

奥の座敷に通されると、すぐに運ばれてくる。冷たい盛り蕎麦に、鰻の白焼きと大根おろし、そして山葵《わさび》が添えてある。

鰻は焼きたてでまだ湯気が立っていた。食べやすいように細く切ってある。

「つゆに行儀悪く鰻を投げ込んで、蕎麦といっしょに食べてください」

「こうか」

月也がつゆの中に鰻を投げ込んだ。沙耶もならう。

蕎麦はやや黒い蕎麦だ。外側の皮も一緒にひいている味の濃いものだった。つゆはやや甘い。鰻のタレが混ざっているようだった。

鰻といっしょに蕎麦を食べると、鰻の味と蕎麦の味がうまく混ざりあう。甘いつゆが鰻にちょうどいい。

大根おろしをあとから口に入れると、すっきりした大根の辛みが口の中をさっぱりとさせてくれた。

「これは美味しいわね」

「人気が出ると思います。沙耶様に一番に食べてほしくてまだ他のお客さんには出していないんですよ」

「そんなに気を使わなくていいのに」

「いえ。沙耶様も月也様ももっと感謝されていいんですよ。深川はおかげさまでだいぶ悪い人が減りました」

「わたしのおかげでせないでしょう」

「いえ。沙耶様のおかげです」

「どうして？」

沙耶が聞くと、さきが笑い出した。

「男装した十手持ちがうろうろしているんですよ。そんなところで盗みを働く人なんてそうはいないですよ」

「目立ってるかしら」

「はい、とても。いい意味で」

そのとき。

「御用だ！」

表で声をした。どうやら誰かが捕り物を始めたらしい。

「悪人減ってないじゃない」

沙耶は肩をすくめると、素早く立ち上がった。

「月也さん！」

声をかけると、月也はあわてて蕎麦を飲み込むところだった。

「蕎麦はあとでもいいでしょう」

「うむ」

月也は残念そうに蕎麦を見ながら立ち上がった。

「では行くぞ。沙耶」

月也の後ろについて店を出ると、沙耶は十手を抜いて思い切り声を張り上げた。

「御用だ！」

○主な参考文献

『江戸の芸者』　陳奮館主人　中公文庫
『花柳風俗』　三田村鳶魚　朝倉治彦編　中公文庫
『魚鑑』　武井周作　八坂書房
『江戸買物独案内』　早稲田大学図書館古典籍総合データベース
『江戸・町づくし稿』上・中・下　岸井良衛　青蛙房
『芸者論　花柳界の記憶』　岩下尚史　文春文庫
『江戸服飾史』　金沢康隆　青蛙房
『江戸切絵図と東京名所絵』　白石つとむ編　小学館
『三田村鳶魚江戸生活事典』　三田村鳶魚　稲垣史生編　青蛙房
『洗う風俗史』　落合茂　未來社
『江戸生業物価事典』　三好一光編　青蛙房
『すらすら読む　抄訳　浮世風呂』上・下　葵ささみ　Ｋｉｎｄｌｅ版
『江戸商売図絵』　三谷一馬　中公文庫

コミック版「うちの旦那が甘ちゃんで」をご紹介。

シリーズ10巻発売記念!

はじめまして。『うちの旦那が甘ちゃんで』コミック版の作画担当をさせていただいている雷蔵です。江戸の文化が大好きな私にとって『うちの旦那が甘ちゃんで』を漫画化するチャンスをいただけたのは、大変うれしく光栄なことでした。そして記念すべき10巻目。読者の皆様の応援の賜物だと思います。ここでコミック版のキャラクター達をご紹介させてください。よろしくお願いいたします。

月也

考え方が柔軟で、誰に対しても分け隔てなく優しい人だなぁと思います。いろんな表情をしてくれるので描いていて楽しいです。

沙耶

とにかく可愛くてしっかり者の奥さまでです。月也さんへの愛情を感じます。江戸の女性だけれど、現代の女の子のノリで元気に描いてしまっています。

音吉

竹を割ったような性格の美人。清々しくて姉御肌なところが大好きです。

牡丹

私の描くキャラクターは骨太なので、華奢に美しく描くように気をつけてます(汗)。

南町奉行・筒井

豪快な人。酸いも甘いもしっている大人。

玄祭先生

「流行神長屋」のエピソードで登場の占い師。飄々としていて謎めいている人。

内与力・伊藤

目元涼しく質実剛健な人。

原作者の神楽坂淳さんがシナリオを担当。
漫画だけに登場する**新キャラ**も。

捨て子の少女・すず

「丼と怪談」で登場。健気な女の子で、沙耶にとって娘のような存在になります。

火盗改め・日下部《くさかべ》

月也の手柄を奪うイヤな奴…なのに、描いていくうちに嫌いじゃなくなってきました。お笑い担当です。

漫画と小説は媒体が違うので、表現方法も当然違う。
小説はもちろん小説家のものだが、原作がどうであれ漫画は漫画家のものである。
面白くするには漫画家の表現力が何よりも大きい。
その点、雷蔵さんは豊かな表現力を持っていて原作者としてはありがたいかぎりだ。
作者としてもだが、読者としても楽しませてもらっている。
みなさんもぜひご一読していただければ新たな満足があると思う。

神楽坂 淳

コミック版
「うちの旦那が甘ちゃんで」
❶～❷巻発売中です。
よろしくお願いします。

講談社　シリウスKC

本書は文庫書下ろし作品です。

|著者| 神楽坂 淳　1966年広島県生まれ。作家であり漫画原作者。多くの文献に当たって時代考証を重ね、豊富な情報を盛り込んだ作風を持ち味にしている。小説に『大正野球娘。』『三国志1～5』『金四郎の妻ですが』『捕り物に姉が口を出してきます』『帰蝶さまがヤバい』などがある。

うちの旦那《だんな》が甘《あま》ちゃんで 10

神楽坂《かぐらざか》 淳《あつし》

講談社文庫

定価はカバーに
表示してあります

2021年5月14日第1刷発行

発行者――鈴木章一
発行所――株式会社 講談社
東京都文京区音羽2-12-21　〒112-8001
電話 出版 (03) 5395-3510
　　 販売 (03) 5395-5817
　　 業務 (03) 5395-3615

デザイン―菊地信義
本文データ制作―講談社デジタル製作
印刷―――豊国印刷株式会社
製本―――株式会社国宝社

Printed in Japan

ISBN978-4-06-523458-7

講談社文庫刊行の辞

二十一世紀の到来を目睫に望みながら、われわれはいま、人類史上かつて例を見ない巨大な転換期をむかえようとしている。

世界も、日本も、激動の予兆に対する期待とおののきを内に蔵して、未知の時代に歩み入ろうとしている。このときにあたり、創業の人野間清治の「ナショナル・エデュケイター」への志を現代に甦らせようと意図して、われわれはここに古今の文芸作品はいうまでもなく、ひろく人文・社会・自然の諸科学から東西の名著を網羅する、新しい綜合文庫の発刊を決意した。

激動の転換期はまた断絶の時代である。われわれは戦後二十五年間の出版文化のありかたへの深い反省をこめて、この断絶の時代にあえて人間的な持続を求めようとする。いたずらに浮薄な商業主義のあだ花を追い求めることなく、長期にわたって良書に生命をあたえようとつとめるところにしか、今後の出版文化の真の繁栄はあり得ないと信じるからである。

同時にわれわれはこの綜合文庫の刊行を通じて、人文・社会・自然の諸科学が、結局人間の学にほかならないことを立証しようと願っている。かつて知識とは、「汝自身を知る」ことにつきていた。現代社会の瑣末な情報の氾濫のなかから、力強い知識の源泉を掘り起し、技術文明のただなかに、生きた人間の姿を復活させること。それこそわれわれの切なる希求である。

われわれは権威に盲従せず、俗流に媚びることなく、渾然一体となって日本の「草の根」をかたちづくる若く新しい世代の人々に、心をこめてこの新しい綜合文庫をおくり届けたい。それは知識の泉であるとともに感受性のふるさとであり、もっとも有機的に組織され、社会に開かれた万人のための大学をめざしている。大方の支援と協力を衷心より切望してやまない。

一九七一年七月

野間省一

講談社文庫 最新刊

砂原浩太朗
いのちがけ
〈加賀百万石の礎〉
前田利家に命懸けで忠義を貫き百万石の礎を築いた男・村井長頼を端正な文体で魅せる。

作画：蔡　志忠
訳：和田武司
監修：野末陳平
マンガ　孔子の思想
二五〇〇年の時を超え、日本人の日常生活に溶け込んできた『論語』の思想をマンガで学ぶ。

秋川滝美
マチのお気楽料理教室
気楽に集って作って食べて。郷土料理で旅気分も味わえる、マチの料理教室へようこそ。

西村　健
目撃
電気料金を検針する奈津実の担当区域で、殺人事件が発生。彼女は何を見てしまったのか。

伊藤理佐
みたび！　女のはしょり道
ラクしてちゃっかり、キレイでいたい。子育てママあるあるも満載のはしょり道第3弾！

赤神　諒
大友落月記
「二階崩れの変」から6年。大国・大友家でまたお家騒動が起こった。大友サーガ第2弾！

小前　亮
劉《りゅう》裕《ゆう》
〈豪剣の皇帝〉
町の無頼漢から史上最強の皇帝へ。千人の叛《はん》乱軍《らんぐん》を一人で殲滅《せんめつ》した稀代の剛勇の下剋上！

講談社タイガ

凪良ゆう
すみれ荘ファミリア
すみれ荘管理人の一悟と、小説家の奇妙な同居生活。本屋大賞受賞作家が紡ぐ家族の物語。

西尾維新
モルグ街の美少年
美少年探偵団の事件簿で語られなかった唯一の事件——美しい五つの密室をご笑覧あれ！

降田　天
ネメシスⅣ
天狗伝説が残る土地で不審死。だが証拠はない。探偵事務所ネメシスは調査に乗り出す。

藤石波矢
ネメシスⅤ
暴露系動画配信者の冤罪を晴らせ。嘘と欺瞞《ぎまん》に満ちた世界でネメシスが見つけた真相とは？

講談社文芸文庫

古井由吉

東京物語考

解説=松浦寿輝　年譜=著者、編集部

徳田秋聲、正宗白鳥、葛西善藏、宇野浩二、嘉村礒多、永井荷風、谷崎潤一郎ら先人たちが描いた「東京物語」の系譜を訪ね、現代人の出自をたどる名篇エッセイ。

ふA13
978-4-06-523134-0

古井由吉

詩への小路　ドゥイノの悲歌

解説=平出　隆　年譜=著者

リルケ「ドゥイノの悲歌」全訳をはじめドイツ、フランスの詩人からギリシャ悲劇まで、詩をめぐる自在な随想と翻訳。徹底した思索とエッセイズムが結晶した名篇。

ふA11
978-4-06-518501-8

講談社文庫　目録

京極夏彦　文庫版 姑《う》獲《ぶ》鳥《め》の夏
京極夏彦　文庫版 魍《もう》魎《りょう》の匣《はこ》
京極夏彦　文庫版 狂《きょう》骨《こつ》の夢《ゆめ》
京極夏彦　文庫版 鉄《てっ》鼠《そ》の檻《おり》
京極夏彦　文庫版 絡《じょろうぐも》新婦の理《ことわり》
京極夏彦　文庫版 塗《ぬり》仏《ぼとけ》の宴《うたげ》―宴の支度
京極夏彦　文庫版 塗仏の宴―宴の始末
京極夏彦　文庫版 百鬼夜行―陰
京極夏彦　文庫版 百器徒然袋―雨
京極夏彦　文庫版 百器徒然袋―風
京極夏彦　文庫版 今昔続百鬼―雲
京極夏彦　文庫版 陰《おん》摩《も》羅《ら》鬼《き》の瑕《きず》
京極夏彦　文庫版 邪《じゃ》魅《み》の雫
京極夏彦　文庫版 今昔百鬼拾遺―月
京極夏彦　文庫版 死ねばいいのに
京極夏彦　文庫版 ルー＝ガルー〈忌避すべき狼〉
京極夏彦　文庫版 ルー＝ガルー2〈インクブス×スクブス　相容れぬ夢魔〉
京極夏彦　分冊文庫版 姑《う》獲《ぶ》鳥《め》の夏 (上)(下)
京極夏彦　分冊文庫版 魍《もう》魎《りょう》の匣《はこ》 (上)(中)(下)

京極夏彦　分冊文庫版 狂《きょう》骨《こつ》の夢《ゆめ》 (上)(中)(下)
京極夏彦　分冊文庫版 鉄《てっ》鼠《そ》の檻《おり》 全四巻
京極夏彦　分冊文庫版 絡《じょろうぐも》新婦の理《ことわり》 (一)(二)
京極夏彦　分冊文庫版 絡《じょろうぐも》新婦の理《ことわり》 (三)(四)
京極夏彦　分冊文庫版 塗《ぬり》仏《ぼとけ》の宴《うたげ》　宴の支度《したく》 (上)(中)(下)
京極夏彦　分冊文庫版 塗《ぬり》仏《ぼとけ》の宴《うたげ》　宴の始末《しまつ》 (上)(中)(下)
京極夏彦　分冊文庫版 陰《おん》摩《も》羅《ら》鬼《き》の瑕《きず》 (上)(中)(下)
京極夏彦　分冊文庫版 邪《じゃ》魅《み》の雫 (上)(中)(下)
京極夏彦　分冊文庫版 ルー＝ガルー〈忌避すべき狼〉 (上)(下)
京極夏彦　分冊文庫版 ルー＝ガルー2〈インクブス×スクブス　相容れぬ夢魔〉 (上)(下)
北森　鴻　香菜里屋《カナリヤ》を知っていますか
北森　鴻　親不孝通りラプソディー
北森　鴻　花の下にて春死なむ〈香菜里屋シリーズ1〈新装版〉〉
北森　鴻　桜　宵〈香菜里屋シリーズ2〈新装版〉〉
北村　薫　盤上の敵
北村　薫　野球の国のアリス
木内一裕　藁　の　楯
木内一裕　水の中の犬
木内一裕　アウト＆アウト

木内一裕　キ　ッ　ド
木内一裕　デッドボール
木内一裕　神様の贈り物
木内一裕　喧　嘩　猿
木内一裕　バードドッグ
木内一裕　不　愉　快　犯
木内一裕　嘘ですけど、なにか?
木内一裕　ドッグレース
北山猛邦　『クロック城』殺人事件
北山猛邦　『瑠璃城』殺人事件
北山猛邦　『アリス・ミラー城』殺人事件
北山猛邦　『ギロチン城』殺人事件
北山猛邦　私たちが星座を盗んだ理由
北　康利　白洲次郎　占領を背負った男 (上)(下)
北　康利　福沢諭吉　国を支えて国を頼らず (上)(下)
貴志祐介　新世界より (上)(中)(下)
北原みのり　木嶋佳苗100日裁判傍聴記〈佐藤優対談収録完全版〉
岸本佐知子 編訳　変《ヘン》愛《アイ》小説集
岸本佐知子 編　変愛小説集　日本作家編

講談社文庫　目録

沢村　凜　タ ソ ガ レ
佐藤多佳子　一瞬の風になれ 全三巻
笹本稜平　駐 在 刑 事
笹本稜平　駐在刑事 尾根を渡る風
佐藤あつ子　昭《あき》 田中角栄と生きた女
西條奈加　世直し小町りんりん
西條奈加　まるまるの毬《いが》
佐伯チズ　〈123の肌悩みにズバリ回答!〉 佐伯チズ式「完全美肌バイブル」
斉藤　洋　ルドルフとイッパイアッテナ
斉藤　洋　ルドルフともだちひとりだち
佐々木裕一　若返り同心 如月源十郎〈不思議な飴玉〉
佐々木裕一　若返り同心 如月源十郎〈闇の顔〉
佐々木裕一　公家武者 信平《のぶひら》〈消えた狐丸〉
佐々木裕一　逃 げ た 名 馬〈公家武者 信平㈡〉
佐々木裕一　比 叡 山 の 鬼〈公家武者 信平㈢〉
佐々木裕一　公卿《ぎょう》の罠《わな》〈公家武者 信平㈣〉
佐々木裕一　狙 わ れ た 旗 本〈公家武者 信平㈤〉
佐々木裕一　赤 い 刀 身〈公家武者 信平㈥〉
佐々木裕一　帝《みかど》の刀《とう》匠《しょう》〈公家武者 信平㈦〉

佐々木裕一　若 君 の 覚 悟〈公家武者 信平㈧〉
佐々木裕一　く も の 頭 領〈公家武者 信平㈨〉
佐々木裕一　狐のちょうちん〈公家武者信平ことはじめ㈠〉
佐々木裕一　姫 の た め 息〈公家武者信平ことはじめ㈡〉
佐々木裕一　四 谷 の 弁 慶〈公家武者信平ことはじめ㈢〉
佐藤　究《きわむ》　Q J K J Q
佐藤　究　A n k ..〈a mirroring ape〉
佐藤　究　サージウスの死神
佐野　晶 三田紀房・原作　小説アルキメデスの大戦
澤村伊智　恐怖小説キリカ
さいとう・たかを 戸川猪佐武 原作　歴史劇画 大 宰 相〈第一巻 吉田茂の闘争〉
さいとう・たかを 戸川猪佐武 原作　歴史劇画 大 宰 相〈第二巻 鳩山一郎の悲運〉
さいとう・たかを 戸川猪佐武 原作　歴史劇画 大 宰 相〈第三巻 岸信介の強腕〉
さいとう・たかを 戸川猪佐武 原作　歴史劇画 大 宰 相〈第四巻 池田勇人と佐藤栄作の激突〉
さいとう・たかを 戸川猪佐武 原作　歴史劇画 大 宰 相〈第五巻 田中角栄の革命〉
さいとう・たかを 戸川猪佐武 原作　歴史劇画 大 宰 相〈第六巻 三木武夫の挑戦〉
さいとう・たかを 戸川猪佐武 原作　歴史劇画 大 宰 相〈第七巻 福田赳夫の復讐〉
さいとう・たかを 戸川猪佐武 原作　歴史劇画 大 宰 相〈第八巻 大平正芳の決断〉
さいとう・たかを 戸川猪佐武 原作　歴史劇画 大 宰 相〈第九巻 鈴木善幸の苦悩〉

さいとう・たかを 戸川猪佐武 原作　歴史劇画 大 宰 相〈第十巻 中曽根康弘の野望〉
佐藤　優　人生の役に立つ聖書の名言
佐藤　優　戦時下の外交官〈ナチス・ドイツの崩壊を目撃した吉野文六〉
斉藤詠一　到 達 不 能 極
佐々木　実　竹中平蔵 市場と権力「改革」に憑かれた経済学者の肖像
斎藤千輪　神楽坂つきみ茶屋〈禁断の盃《さかずき》と絶品江戸レシピ〉
司馬遼太郎　新装版 播磨灘物語 全四冊
司馬遼太郎　新装版 箱根の坂 (上)(中)(下)
司馬遼太郎　新装版 アームストロング砲
司馬遼太郎　新装版 歳 月 (上)(下)
司馬遼太郎　新装版 おれは権現
司馬遼太郎　新装版 大 坂 侍
司馬遼太郎　新装版 北斗の人 (上)(下)
司馬遼太郎　新装版 軍 師 二 人
司馬遼太郎　新装版 真説宮本武蔵
司馬遼太郎　新装版 最後の伊賀者
司馬遼太郎　新装版 俄 (上)(下)
司馬遼太郎　新装版 尻啖え孫市 (上)(下)
司馬遼太郎　新装版 王城の護衛者

講談社文庫　目録

2021年3月12日現在